PRIMOS S.A.

Los misteriosos agroglifos

María Menéndez-Ponte

Ilustraciones
de Claudia Ranucci

sm

fundación sm

La Fundación SM destina los beneficios de las empresas SM a programas culturales y educativos, con especial atención a los colectivos más desfavorecidos.

Si quieres saber más sobre los programas de la Fundación SM, entra en **www.fundacion-sm.org**

LITERATURA**SM**•COM

Primera edición: abril de 2021

Edición ejecutiva: Berta Márquez
Coordinación editorial: Paloma Muiña
Coordinación gráfica: Eduardo Nacarino y Lara Peces

ISBN: 978-84-1318-971-0
Depósito legal: M-2596-2021
Impreso en la UE / *Printed in EU*

A todo el personal del centro
Ricardo Baró, de La Coruña,
por la entrega, el entusiasmo
y cariño que habéis derrochado
durante toda la crisis del covid.

Gracias especialmente
por cuidar tan bien
de mi hermana.

¡Por fin llegó el verano! Pablo, Verónica, Javier, Diego y Natalia tienen un montón de días por delante llenos de sol, piscina, paseos y excursiones por el bosque... Los cinco primos pasan las vacaciones en una finca cerca de Martín Muñoz de las Posadas, un pueblo muy tranquilo...

¿Tranquilo? Eso es lo que ellos se creen. Luego llegarán los misterios y las aventuras para **Primos S. A.** ¡La mejor agencia de detectives del mundo!

VERÓNICA

Es muy responsable y protectora con su hermano y sus primos, se fija en todo y tiene un oído ultrasónico. Posee un don para los animales y le gusta hacer fotos que luego se convierten en pruebas de las investigaciones.

PABLO

Es el científico del grupo, ¡y siempre está inventando algo! Le encanta reciclar cachivaches y fabricar objetos. Aunque muy inteligente, también es un poco despistado. ¡Es el primo mayor!

DIEGO

Es inteligente, empático y tiene mucha facilidad para hacer amigos. A lo largo de las aventuras demostrará ser todo un experto en historia y civilizaciones antiguas.

JAZZ

Este pequeño yorkshire acompaña a los cinco primos en todas sus aventuras. Salta, juega al fútbol y se baña con todos. ¡Su olfato es primordial para resolver los casos!

JAVIER

Siempre está pensando en pasárselo bien, por eso habla con todo el mundo y bromea constantemente. ¿Su sueño? Montar un negocio que le haga ganar mucho dinero y ser muy feliz.

NATALIA

Es la pequeña del grupo. Siempre sonriente, reservada y algo miedosa. Su pasión son las plantas: las busca, las identifica y luego crea brebajes que prueba con sus primos, ¡si se dejan!

¡Juntos de nuevo! •1

En cuanto los cinco primos se juntaban, se establecía una corriente de alegría y complicidad que se irradiaba como el sol del verano por las onduladas colinas. Se querían tanto...

Incluso parecía existir entre ellos algún tipo de telepatía a la hora de relacionarse.

Era como si no hubiesen transcurrido varios meses sin verse.

–Imagino que no habréis vuelto a la laguna ni a la cueva –indagó Javier con una sonrisita socarrona y ojos suspicaces.

Verónica, que siempre picaba el anzuelo, lo miró muy seria y respondió:

–Javi, sabes muy bien que nunca romperíamos la promesa que os hicimos de no ir allí hasta no estar los cinco juntos de nuevo.

–Bueno... Pero podríais haber ido por el camino de la laguna en vuestros paseos a caballo con la tía Julia... ¿Seguro que no habéis vuelto a ver a ese pez prehistórico saltar fuera de ella? –insistió.

–¿Pero tú no conoces a mi hermana? –lo interrumpió Diego.

—Pues claro que la conozco —se rio él, esta vez abiertamente—. Inventaría cualquier cosa para convencer a vuestra madre de ir por otro sitio con tal de no incumplir nuestra promesa.

—¿Y a qué esperamos para ir? Ya estamos tardando, ¿no? —dijo Pablo.

—¿Sabéis qué? Yo he tenido alguna noche pesadillas con el pez gigantesco que se nos apareció en la laguna —les confesó Natalia.

—Yo también —se sumó Diego a la confesión.

—¡Anda, y yo! —exclamó Verónica—. Y con los corderos de ojos azules. Y con el cardenal... Una noche incluso se me apareció en mi cuarto y me empezó a hablar, pero yo tenía tanto miedo que no era capaz de escuchar lo que me decía, como si tuviera bloqueados los oídos. Fue tan real que no parecía un sueño. Me desperté empapada en sudor.

—Como que esa noche, no sé por qué, dejaron encendida la calefacción, ¡y con el pedazo de edredón que usas, no me extraña que tuvieras pesadillas! —comentó su hermano.

Los demás se rieron, pero todos admitieron haber tenido alguna.

—La peor de las mías fue con la estatua de la cueva —confesó Javier—. De pronto ya no era de piedra, sino un extraterrestre de verdad, y me llevaba a una nave mientras me decía: «Despídete de este mundo».

—¡Qué horror, pobre! ¡Menuda angustia! —exclamó Natalia, asustada—. Mira que si ese sueño se hiciera realidad...

—No te preocupes, Natalia. Si alguien nos hubiera querido hacer daño, ya lo habría hecho. Además, acuérdate de que esa estatuilla cuidó de Kevin cuando se cayó en la cueva —la tranquilizó Pablo.

—Si al menos supiéramos de dónde viene ese extraño poder... —caviló Verónica en voz alta.

—Pues eso es lo que tenemos que averiguar —dijo su hermano.

—¡Venga, en marcha! Estamos perdiendo el tiempo tontamente —los espabiló Javier.

—Esperad un momento —los detuvo Pablo—. Antes deberíamos poner en el cuaderno de investigación todos los elementos extraños que nos hemos encontrado hasta ahora. Tenemos que tratar de establecer una relación entre ellos para deducir su origen.

—¡Uf, son un montón! —exclamó Verónica.

Pero Pablo ya había cogido el cuaderno.

—Estaría bien dibujarlos por orden de aparición —dijo.

—Huy, no sé yo si nos vamos a acordar. Son tantos... —comentó Natalia resoplando.

—Verónica se acuerda seguro, tiene un fichero en la cabeza —afirmó Diego.

Su hermana sonrió agradeciéndole el cumplido y preguntó:

—¿Incluimos el fantasma de la casa embrujada?

—Yo creo que ese no tiene nada que ver con los otros —apuntó Javier.

—Yo también lo creo, pero no podemos descartar nada —opinó Pablo, pintando ya al fantasma.

—Antes va la marca con forma de lágrima que vi que tenían algunos del pueblo en la panadería —lo corrigió Diego.

—Tienes razón —asintió su primo, dibujándola justo antes del fantasma.

—Luego iría la lechuza —continuó Verónica—; después, el holograma de Marcos y las piedras mágicas y la mimosa y la forma luminosa del río y...

—¡Para el carro! ¡No te embales, que solo tengo una mano! —protestó Pablo.

—Ay, perdona.

Una vez que Pablo hubo dibujado todos esos elementos, Javier, antes de que su prima pudiera adelantársele, se apresuró a decir:

—Ahora va el fantasma de Jimena.

—No, antes viene la nave que vi yo en el cielo —le recordó Verónica.

—No sabemos si lo que viste era una nave —le replicó su primo, fastidiado por no haber acertado.

—Eso da igual ahora: nave, objeto luminoso o lo que fuera, hay que ponerlo —declaró Pablo—. También lo vimos Diego y yo cuando encontramos a Tara sola y deshidratada a varios kilómetros de la finca.

Javier se calló. En el fondo, sabía que en el terreno de la memoria su prima era imbatible. Incluso en alguna duda que les surgió, todos optaron por hacer caso al recuerdo de Verónica.

Y así quedó reflejado en el cuaderno de investigación.

Cuaderno de investigación

1. La marca de la lágrima

2. El fantasma

3. La lechuza

4. El holograma de Marcos

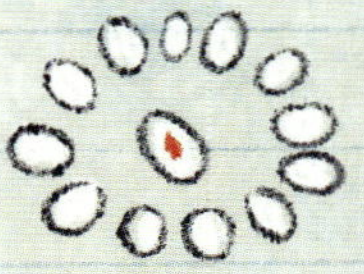

5. Las piedras mágicas

6. La mimosa púdica

7. La forma lumínica del río

8. La posible nave

9. El fantasma de Jimena

10. Las campanadas de la ermita

11. El círculo de mariposas

12. Los fantasmas de los templarios

13. El rosal de la ermita

14. Los símbolos templarios

15. La cueva de los templarios

16. El polvillo dorado
que salió de los frascos

17. La cascada ascendente
de monedas de oro

18. El escarabajo pelotero

19. Las amapolas

20. El rebaño fantasma

21. El fantasma del cardenal

22. El escondite secreto
del palacio del cardenal

23. El pez prehistórico

24. Las flores de loto

25. La mariposa blanca

26. Los lirios blancos

27. La cueva donde cayó Kevin

28. La estatuilla con forma de extraterrestre

29. El salto atrás en el tiempo del molino de la Irvienza

30. La extraña energía de la roca del molino

31. La siempreviva

32. La luz de un reflector de 1.000 W

33. La bandada de patos

34. Los relieves en la pared de la cueva

Una primicia · 2

Los niños se fueron en bici para no perder tiempo en buscar a los caballos por toda la finca y ensillarlos.

Jazz trotaba feliz a su lado.

Hacía una mañana de finales de junio preciosa, sin una sola nube en el cielo.

Un ligero aroma a trigo, cebada y centeno se esparcía por el aire.

Los campos estaban prácticamente listos para la siega.

En unos días, los tractores se pondrían en marcha día y noche, sin apenas descanso, y ese extenso mar amarillo que se ondulaba con la brisa desaparecería.

A los cinco primos no cesaban de sorprenderles esos cambios tan bruscos del paisaje castellano, que pasaba del verde al amarillo en un par de meses, como si un mago lo tocara con su varita. Sobre todo, a Pablo y a Javier, que venían de Galicia, donde el color verde se mantenía todo el año.

—¿No os parecen un gran misterio las estaciones? —reflexionó Diego—. Si lo pensáis bien, resultan tan inexplicables como los enigmas a los que nos enfrentamos. Pero como suceden cada año, ya no nos sorprenden.

–¡No compares! –le espetó Javier–. Sabemos perfectamente que las estaciones tienen que ver con el movimiento de la Tierra... En cambio, todo lo que está pasando aquí...

–Diego tiene razón –lo apoyó Pablo–. Para las civilizaciones antiguas, las estaciones eran algo mágico porque desconocían su origen, pero los avances científicos nos permitieron comprenderlas. Y con esto pasa exactamente igual. Es el desconocimiento que tenemos de las cosas lo que las convierte en enigmas.

–Pues a mí las estaciones me siguen pareciendo algo mágico –intervino Natalia–. ¡Mirad qué bonitas son las espigas! –señaló el sembrado que se extendía a su derecha–. Me gustaría...

–Nooo –saltó Javier.

–¡Pero si no sabes qué iba a decir! –respondió Natalia, molesta.

–Claro que lo sé, te leo el pensamiento –se rio él–. Ibas a decir que te gustaría coger unas cuantas.

–¡Te has colado, *bacalado*! –replicó ella–. Iba a decir que en mi boda me gustaría poner cestos de flores silvestres mezclados con espigas, y también en el ramo.

–¡Qué bucólico! –exclamó Pablo.

–¡Anda que pensar ya en tu boda, con lo que falta! –se rio Javier.

–¿Y por qué no? –intervino Verónica–. Di que sí, Natalia, es una idea muy bonita.

–A mí también me lo parece –la apoyó Diego.

—Pues ya estás tardando en buscarte un novio —le aconsejó Javier con cierto retintín.

—Eso te lo dejo a ti con Sonia —le replicó Natalia.

—Ya no.

—¿¿¿Quéééé??? —saltaron todos a coro.

Jazz comenzó a ladrar entre sorprendido e intranquilo, sin saber a qué se debía esa reacción de los niños.

—Me gusta una niña de mi clase —respondió—. Y yo le gusto a ella —se apresuró a añadir con aire satisfecho.

Jazz se calmó al ver que no pasaba nada y fue a olisquear un arbusto en el que acabó soltando una de sus habituales meaditas.

—No me habías dicho nada —le reprochó su hermano.

—Lo tenía guardado para daros a todos la primicia —respondió él, complacido al ver el efecto causado. Le encantaba ser protagonista.

—¿Y cómo se llama? —quiso saber Verónica.

—Marta. Es muy guapa. ¿Queréis ver su foto? —dijo echando mano al bolsillo que tenía la pernera de su pantalón safari.

—¡Pero si lleva móvil! —comentó Verónica, sorprendida.

Hasta ese momento, solo Pablo y ella tenían móvil. Pero su primo era un despistado y casi nunca lo cogía a no ser que lo necesitara para algún experimento científico. Desde luego, no era como ella, que lo llevaba permanentemente colgado del cuello para hacer fotos de cualquier cosa que les pudiera servir en sus pesquisas, para utilizarlo de brújula o de linterna y, por su puesto, para comunicarse con Marcos, que vivía en Inglaterra. Aunque en el campo muchas veces no había cobertura, y eso le daba bastante rabia.

Javier les mostró, orgulloso, la foto en su nuevo teléfono. Se sentía muy mayor, con móvil y con novia.

Todos lo rodearon y miraron la foto de la tal Marta.

—¿Qué? ¿Os gusta? —preguntó muy ufano.

Los otros cuatro se lanzaron una mirada cómplice y respondieron a la vez:

—Es muy riquiña.

Ese era el término que solían emplear cuando alguien no era excesivamente guapo. Y Javier enseguida supo interpretarlo.

—Pues a mí me parece muy guapa —insistió.

—Eso es lo que cuenta: que te lo parezca a ti —respondió Diego—. Tiene pinta de ser muy simpática.

—Sí que lo es: simpatiquísima.

—Pues eso es mucho más importante que ser guapa —comentó Verónica.

—¡Desde luego! —corroboró Natalia—. ¿De qué te sirve ser guapa si eres una sosa o una antipática? ¿No quieres que hagamos un ramo de flores y espigas y se lo envías con un wasap?

—¡Menudo truco para hacer lo que estabas deseando! —se rio Javier—. Que sepas que no me he tragado lo de la boda.

—¡Pero si es verdad! —protestó ella, dirigiéndose ya hacia el sembrado para recoger unas espigas.

—Le ha faltado tiempo —comentó Pablo riéndose.

Pero los cuatro la siguieron obedientes.

—Mirad qué preciosidad de espigas. A ver si sabéis si son de trigo, cebada, avena o centeno —los retó Natalia.

—Uf, ni idea —resopló Diego.

¿Podrías ayudar a los primos y decirles cuál de estas espigas es de trigo, cebada, centeno o avena?

Las apariencias engañan •3

Natalia escuchaba divertida cómo sus primos decían nombres al tuntún para tratar de acertar con el tipo de cereal que había cogido. Así que decidió ilustrarlos:

—Mirad, esta espiga es de trigo porque tiene cuatro granos por piso. ¿Veis qué apretados están? También el centeno tiene el mismo número, son las dos muy gruesas.

—Y entonces, ¿cómo las diferencias? —se interesó Pablo.

—Porque la del centeno tiene unas varillas superfinas, largas y tiesas, que rodean la espiga; pinchan un poco.

Natalia sacó su herbario de la bolsa y se las mostró.

—¡Anda, pero también la cebada las tiene! —observó Verónica.

—Sí, es verdad —asintió Natalia—. Pero son más largas; y también se diferencia en que solo tiene dos granos por piso, es más plana. La avena es la más fácil de distinguir: tiene un tallo muy débil, se dobla con el peso de las espigas. Y además, estas salen de unas hojas aplastadas que se intercalan en el tallo dejando bastante espacio entre ellas. A ver si las encontramos en otro sembrado para que las veáis.

—¡Eh, que ese no era el plan! —protestó Javier—. ¡Menudo arte tiene la Hierbas para colárnosla!

—Entonces, ¿no quieres el ramo? —le preguntó Natalia, lanzándole una mirada de complicidad a Verónica.

—Bueno... eso sí... Ya que estamos... No tardarás mucho, ¿no?

—Soy más rápida que Superman cambiándose.

Jazz salió disparado tras ella, feliz de tener una nueva diversión.

Natalia se abalanzó sobre unas florecillas azules que había en la cuneta mientras les pedía a los demás que cogieran unas amapolas que había pegadas al sembrado.

Con mucha habilidad y en un pispás, entrelazó algo de verde con las espigas y las flores y ató el ramillete con una hierba muy fina tipo junco.

—Aquí lo tienes —se lo ofreció a Javier.

—¡Qué artista! —exclamó Pablo—. Te ha quedado precioso.

—Podríamos hacer más y venderlos —propuso Javi.

—¡Tú y tus negocios! —se rio Verónica—. Anda, sujétalo, que te hago una foto con él y se la envías a Marta con un mensaje bonito.

Javier comenzó a improvisar poses cómicas poniendo caras.

—Deja de hacer el tonto —le regañó su prima—. ¿No puedes posar normal?

—Entonces no sería él —comentó Pablo riéndose.

Una vez finalizada la sesión, Javier repasó el *book* que le había hecho Verónica una y otra vez, sin terminar de decidirse.

—El que tenía prisa por ir a la laguna —comentó Diego.

—¡Venga, Javi, manda cualquiera! —se exasperó Pablo.

—¿Y por qué no se las mandas todas? —sugirió Verónica.

—Buena idea, prima —respondió, contento con la sugerencia.

De nuevo en camino, Natalia les propuso que por la tarde podrían hacer unas coronas de flores secas para el pelo, y les iba explicando cómo.

Coronas de flores

Materiales

- Flores naturales
- Ramas de pino o espigas
- Alambre fino
- Cinta adhesiva de color verde
- Laca

Paso a paso

1. Hacer ramilletes muy pequeños con flores, ramas y espigas.

2. Colgarlos del tallo boca abajo en un lugar donde no les dé la luz natural hasta que se sequen (2 o 3 semanas).

3. Rociarlos con laca y reservar.

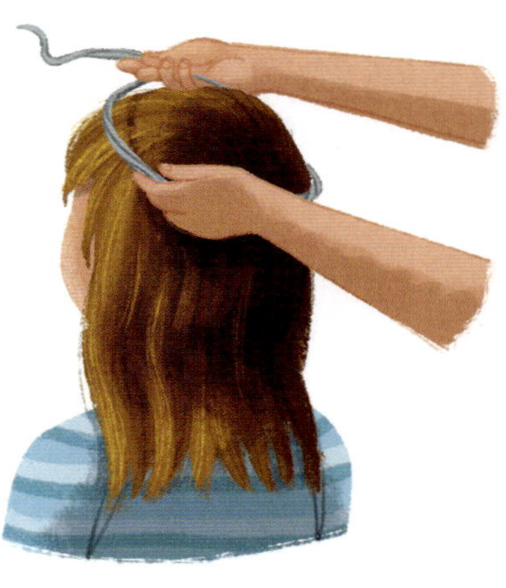

4. Dar forma circular al alambre para hacer la base de la corona, tomando como medida la cabeza de la persona que la llevará. Para hacerla más resistente, se puede poner una fila doble o triple de alambre.

5. Cubrir el alambre con la cinta adhesiva verde.

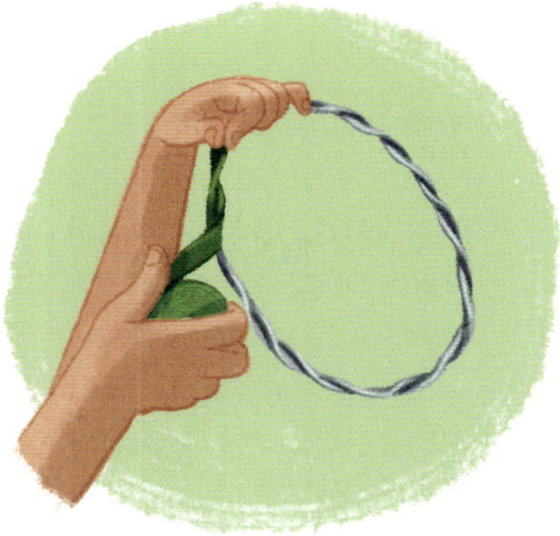

6. Ir tomando los ramilletes de flores y colocarlos alrededor de la base fijándolos con la cinta adhesiva por el tallo. Una vez fijado, cortar el tallo sobrante.

7. Repetir el proceso uniendo las flores de modo que la corona quede completamente cubierta.

–Vosotros diréis lo que queráis, pero este puede ser un negocio fabuloso –dijo Javi–. En mi colegio me las quitarían de las manos. Incluso podríamos vendérselas a una floristería. Sobre todo, en la época de las primeras comuniones.

–Entonces, ¿quieres cambiar la agencia de detectives Primos S. A. por Coronitas Primos S. A.? –le picó Pablo.

–No es incompatible –protestó él–. Aunque buscaríamos otro nombre.

Pero, como habían llegado ya a la laguna, la conversación quedó interrumpida.

–Han desaparecido los nenúfares –constató Natalia, decepcionada.

–Parece todo muy tranquilo, como si llevara siglos así –añadió Verónica.

–Las apariencias engañan –comentó Pablo.

¡Por arte de magia! • 4

Los niños permanecieron un rato en silencio escuchando el canto del cuclillo y de la alondra, que se turnaban con el croar de las ranas.

Todos recordaban perfectamente lo sucedido la última vez que habían estado allí. Esperaban que de un momento a otro emergiera del agua el monstruoso pez y les pegara un susto morrocotudo.

Pero pasaban los minutos y la naturaleza permanecía inalterable.

Hasta el punto de que llegaron a dudar de que les hubiera acontecido semejante suceso.

—Mirad, hay montones de zapateros —les hizo notar Pablo.

—Es impresionante lo rápido que se deslizan por el agua —comentó Natalia, fascinada.

—Sí, parece como si patinaran —asintió su prima sin bajar en ningún momento la guardia.

Jazz se acercó a beber.

Verónica pensó que, si en ese instante saliera el pez, se lo podría zampar de un bocado.

Javier agitó la mano dentro del agua, provocando una desbandada de zapateros.

—A ver si te van a picar. Por algo los llaman también caballitos del diablo —le advirtió Diego.

—Lo hago para incitar al pez.

—Pues no parece que dé resultado —constató Pablo—. ¡Venga, vámonos a la cueva!

—Sí, al menos la estatuilla seguirá ahí. Esa no puede haber desaparecido —comentó Verónica.

Los primos se encaminaron hacia la cueva en la que habían encontrado a Kevin, un niño de cuatro años que se había perdido mientras sus padres y unos amigos estaban vendimiando.

¡Qué contentos se habían puesto al descubrirlo ahí después de una noche entera buscándolo todo el pueblo y la Guardia Civil!

Recordaban bien el lugar exacto porque habían tomado multitud de referencias y fotos; incluso Pablo había dibujado un pequeño croquis en el cuaderno de investigación.

Sin embargo, cuando llegaron allí, se encontraron con que, donde tenía que estar la cueva, solo había tierra firme cubierta de hierba.

Los niños, desesperados, se pusieron a golpear la zona con los pies, convencidos de que darían con el hueco.

—¡No puede haberse evaporado! —se lamentó Javier, descorazonado.

Verónica revisó las fotos que habían hecho.

—¿Veis como estaba aquí, pegada a esta roca? —les confirmó.

–Pues ha desaparecido por arte de magia –constató Natalia, dando unos saltos tremendos en el lugar donde antes estaba el hueco.

–Es increíble –musitó Diego, moviendo la cabeza.

–Ahora Pablo nos dirá que es cosa de la física cuántica, de la «inquietante» acción a distancia –dijo Javier con retintín.

Sin embargo, Pablo no solo no se molestó lo más mínimo, sino que le felicitó.

–Muy bien, Javier. Veo que mis enseñanzas no han sido en balde. Sí que podría tratarse de la inquietante acción a distancia.

Javier se olvidó de que lo había dicho con ironía y sonrió, orgulloso de sí mismo.

–Algún movimiento hecho incluso a mil años luz podría haber provocado que la cueva se hubiera abierto cuando cayó Kevin o bien que se hubiera cerrado en este tiempo en que no hemos estado –prosiguió Pablo.

–Pues a mí eso me sigue pareciendo cosa de magia –concluyó Natalia.

–Y lo peor es que no hay ningún indicio como los que hemos encontrado otras veces. No tenemos nada para tirar del hilo: ni el círculo de piedras ni la mariposa blanca ni la marca de la lágrima... –se desesperó Verónica.

–¡Qué rabia! –exclamó Javi pateando el suelo, indignado.

–Sí, no lo entiendo –se sumó Verónica–. ¿Para qué tantos mensajes si de pronto hacen desaparecer todo?

–¿Quién lo hace desaparecer? –preguntó Diego.

—Pues... no sé... Los templarios... o los extraterrestres o... ¡quienes sean!

—Es que me ha dado la impresión de que lo decías como si supieras quiénes andaban detrás.

—Estamos dando vueltas a una noria —sentenció Pablo.

—Igual es lo que pretenden: despistarnos —sugirió Diego.

—Pues, desde luego, lo consiguen —dijo Natalia, fastidiada.

—Algo se nos está escapando, eso seguro —musitó Verónica.

—Sí, pero ¿qué? —caviló Javier.

Los cinco primos están tan frustrados que se les ha pasado por alto uno de los elementos que dibujaron en el cuaderno de investigación. Y tú, ¿lo ves?

¡Son las ovejas de Zoilo! • 5

Después de un rato despotricando, los niños se sumieron en un desalentador silencio.

Se sentían a la vez furiosos, desilusionados, engañados y frustrados.

El sonido de unos cencerros los distrajo de sus cavilaciones.

Pero el fuerte resplandor del sol, que les daba de cara, les impedía distinguir la silueta del pastor que conducía el rebaño.

Javier se puso la mano de visera.

—¡Son las ovejas de Zoilo! —exclamó contento.

Y salió disparado hacia él montado en la bici.

Los demás lo siguieron.

Jazz ladraba como loco.

Siempre lo hacía cuando veía a otro perro, aunque le quintuplicara el tamaño.

Capitán, el de Zoilo, no era de los más grandes, del tipo border collie. Pero enseguida se acercó a plantarle cara a Jazz.

Este reculó con el rabo entre las patas, pero sin dejar de ladrar.

El pobre debía de pensar que tenía un superladrido y acabaría achantando a su rival.

El pastor soltó un silbido y Capitán volvió de inmediato con las ovejas.

A Diego le maravillaba el poder que tenían los silbidos de los pastores sobre sus perros. Con Jazz ya podían desgañitarse llamándolo, que no hacía ni caso. Para él, la vida era pura juerga y no se daba por aludido.

Cuando estuvieron cerca de Zoilo, bajaron de las bicis y este los saludó a su manera.

—¡Qué, zagales! ¿De nuevo por aquí?

—Hola, Zoilo —respondieron ellos, contentos por el fortuito encuentro.

—Me alegro de veros —les dijo.

Era hombre contenido y de pocas palabras, por eso los primos las agradecieron doblemente. En su caso no era ningún formulismo.

—No sabes lo que me acuerdo del bocata de queso que me hiciste cuando... —Javier dudó unos segundos, porque se dio cuenta de que lo que iba a decir era mentira—, ¡cuando me torcí el tobillo! —soltó por fin. Y añadió sintiendo que enrojecía—: ¡Mmmm! Estaba riquísimo.

En realidad, no se lo había torcido, sino que había sido una estratagema para poder colarse en su vivienda y hacer algunas averiguaciones sobre lo que estaba sucediendo en la casa embrujada.

—Pues precisamente iba ahora a hacer queso —les informó él—. Los sábados salgo más temprano y recojo antes a las ovejas para poder elaborarlo. ¿Queréis venir?

Los cinco primos se miraron emocionados.

De pronto, les había surgido un plan buenísimo a cambio del suyo fallido.

–Sííí –respondieron a coro, sin pensárselo.

Y se encaminaron a la cabaña del pastor, tratando de sonsacarle información sobre la cueva.

–¿Vienes mucho por aquí con las ovejas? –le preguntó Diego.

–Voy cambiando. Hoy aquí, mañana allá...

–¿Y nunca se te cayó ninguna oveja a un pozo o un hoyo? –insistió.

Zoilo se rascó la barba.

–Que yo recuerde, no.

–¿Y nunca se te perdió ninguna? –volvió a la carga.

–El perro las tiene bien controladas. Míralo cómo las lleva. No se le desmanda ni una.

Los primos contemplaron cómo Capitán corría de un lado a otro del rebaño, metiendo a las ovejas en cintura.

–Pero alguna podría haberse caído en el agujero por el que se precipitó Kevin –se le escapó a Natalia.

Verónica le dio un codazo para indicarle que se callara.

¿Cómo le iban a explicar que la cueva se había cerrado por arte de birlibirloque si les preguntaba por ella?

Y para enmendar la metedura de pata de su prima, le preguntó:

—¿Están más tranquilas las cosas por Martín Muñoz después de los últimos sucesos?

—Ya sabéis que yo apenas voy por el pueblo. Únicamente para comprar, así que no me entero de chismes.

—¿Y nunca te has encontrado con un rebaño desconocido? —le preguntó Javier.

—¡Quia! Aquí nos conocemos todos los pastores.

—¿Y uno sin pastor? —preguntó Natalia.

Zoilo se detuvo y soltó una carcajada.

A los niños les sorprendió esa risa tan espontánea: era más bien serio.

—Todos los rebaños tienen pastor —dijo moviendo la cabeza y contemplando a Natalia como si hubiese dicho algo muy gracioso.

Ella, un poco picada, iba a replicar que ellos sí que habían visto uno cuyos corderos tenían los ojos azules, pero su prima, que adivinó sus intenciones, la frenó agarrándola fuerte del brazo y lanzándole una mirada disuasoria.

Repentinamente, la mañana soleada y brillante se oscureció.

Los primos, sorprendidos, miraron al cielo para comprobar a qué se debía. Tan solo hacía un momento, estaba despejado.

Un nubarrón de color gris había aparecido como de la nada y se había situado justo delante del sol.

Una vez que vieron que se trataba solo de una nube, los demás perdieron el interés y bajaron la cabeza, pero Verónica permaneció unos segundos absorta viendo cómo la nube adquiría un extraño contorno...

Una forma que le resultó sospechosamente familiar...

¡Como que era la del pez prehistórico que habían visto saltar fuera de la laguna hacía unos meses!

Verónica se quedó de piedra.

Ahí estaba esa monstruosa cabeza, que era un cruce de sapo y cocodrilo, con las fauces llenas de dientes irregulares, los ojos saltones, los tentáculos que le colgaban del cuello, la cola de serrucho...

¿Se habrían dado cuenta los otros?

¿Sería algún presagio?

¿Tú qué crees?

¿Qué piensas que ocurrirá a continuación?

a) Aparece el rebaño fantasma y paraliza a las ovejas de Zoilo.

b) Del nubarrón sale una especie de disco luminoso y se pierde en el cielo como una exhalación.

c) La figura del pez dibujada en el cielo se transforma en un animal real y cae sobre ellos.

d) Se les aparecen los templarios de nuevo.

e) Ven una figura idéntica a la estatua de la cueva.

La naturaleza es muy sabia ·6

Verónica observó hipnotizada cómo, en un instante, el pez se transformaba en un inmenso trol achaparrado y cabezón. Una cabeza que estaba rematada por una corona de pinchos.

Sus ojos eran dos círculos dobles, como si llevara gafas.

Tenía un enorme bigote debajo de la nariz.

De su boca descomunal salían dos colmillos como los de los jabalíes.

Y su cuerpo era extremadamente pequeño comparado con la cabeza.

A Verónica le fascinaban esos cambios tan sutiles y a la vez tan drásticos de las formas que adquirían las nubes.

A menudo, su hermano y ella se tumbaban en el suelo y jugaban a decir lo que veían: un dragón, una manada de jirafas, un trasgo, un señor muy flaco con sombrero montado en un monociclo...

Verónica no podía apartar los ojos de aquella extraña figura.

Era un trol de aspecto feroz, verdaderamente amenazador, con una sonrisa malévola parecida a la del gato de Cheshire, el de *Alicia en el país de las maravillas*.

Y de repente...

De detrás de la nube salió a toda velocidad un disco dorado, muy brillante, que desapareció en cuestión de segundos en el horizonte.

Verónica bajó entonces la cabeza para comprobar si todos los demás lo habían visto y se dio cuenta de que se había quedado rezagada del grupo, de que los otros le habían sacado unos diez metros.

«¡Qué rabia!», pensó. Detestaba presenciar esa clase de fenómenos ella sola, como le había sucedido la primera vez que vio los corderos de ojos azules, o el platillo volante, o el fantasma del cardenal.

Le habría gustado que también los demás hubieran sido testigos. No porque fueran a desconfiar de ella (¡con la de cosas que les habían ocurrido, ninguno lo haría a estas alturas!), pero necesitaba que ratificaran lo que ella había creído ver. ¡Había sucedido tan rápido...!

¿Y si no hubiera sido más que una ilusión óptica?

A veces a Diego y a ella les ocurría que, después de mirar durante un buen rato al sol, los perfiles de las cosas se desenfocaban durante un instante: no podían verlas con nitidez. Necesitaba unos segundos hasta recuperarse.

Pero en este caso, el sol estaba oculto tras la nube.

¿Y si fuera el propio astro, que hubiera hecho una especie de pirueta?

Seguro que Pablo le encontraba algún tipo de explicación científica.

Cuando alcanzó al grupo, Verónica le oyó preguntar:

–¿Cómo puedes decir que va a llover si hace un día buenísimo?

–¿Quién ha dicho que vaya a llover? –se interesó ella con un soplo de esperanza. Sin duda, algún otro se había dado cuenta de que la nube tenía la forma del pez y lo había interpretado como el preludio de que se iba a desencadenar una monumental tormenta.

Por eso se quedó de piedra cuando Javier le respondió:

–Ha sido Zoilo. Dice que esa nube trae agua.

Verónica elevó los ojos al cielo y los clavó de nuevo en ella, escudriñándola a fondo.

Entonces se fijó en que el trol tenía en la mano una... ¿serpiente?

Bueno, también podría ser un rayo...

–Para que llueva hacen falta más nubes –insistió Pablo.

–Zoilo sabe predecir el tiempo –declaró Javier, orgulloso de ser el único que poseía esa información y, dirigiéndose al pastor, le preguntó–: ¿Cómo se llamaba lo que me dijiste que hacías cuando estuve en tu casa? Las castañuelas, ¿no?

–Las cabañuelas –le corrigió él, con una sonrisa de medio lado.

Javier volvió a tomar la palabra:

–En el mes de agosto, Zoilo hace unos cálculos y con ellos predice el tiempo que va a hacer el resto del año. Vienen campesinos de toda la zona a consultarle para saber cómo van a ser las cosechas, porque siempre acierta.

—¿En serio? —se asombró Natalia.

Zoilo se rascó la barba y asintió con la cabeza.

—¿Pero en qué te basas? —se interesó Diego.

—Observo la naturaleza: la dirección del viento, el rocío de la mañana, la niebla, el sol, las estrellas, la forma y el color de las nubes...

—La que apareció hace un momento tenía la forma de un trol que llevaba un rayo en la mano —comentó Verónica.

Zoilo no pudo reprimir una carcajada. También sus primos se rieron con ganas.

Verónica sintió que había hecho el ridículo.

—No es a ese tipo de formas a las que se refiere —le aclaró Pablo—. Es a si son cirros o nimbos...

—Sí, y también a la altura de las nubes —añadió él.

—Pero es alucinante que solo por una nube sepas que va a llover —se asombró Pablo.

—También existen otros indicios —respondió el pastor.

—¿Como cuáles? —se interesó Diego. A Zoilo había que sacarle las respuestas con sacacorchos.

—El cambio de presión, el olor a humedad...

Los niños aspiraron el aire y lo único que les llegó fue un apestoso olor a boñigas.

—Huele a caca de vaca —soltó Javier.

Entonces se percataron de que estaban ya en la granja de Torra, donde las vacas pastaban arremolinadas en una esquina de la cerca.

—Mirad —las señaló Zoilo—: cuando las vacas se apiñan en un lado del campo, están anunciando lluvia.

—¡Ostrís! —exclamó Natalia—. ¿Y ellas cómo lo saben?

—Por instinto —respondió el pastor—. Lo mismo que las hormigas, que emigran a otro lado.

Verónica pensó en la cantidad de filas de hormigas que veían a veces por el campo y escudriñó atentamente el suelo para ver si descubría alguna.

—¡Por ahí van! —señaló una hilera negra en perfecta formación.

Un potente zumbido distrajo a los niños.

—Y también las abejas vuelan a sus colmenas —Zoilo señaló el enjambre que había producido ese electrizante sonido.

—¡Jopé! ¡Sí que sabes cosas! —se admiró Diego.

—La naturaleza es muy sabia, solo hay que saber observarla —respondió él con humildad.

Natalia se quedó con esa frase en su cabeza y ya no se le iría en toda la tarde, mientras que su prima tenía fijos los ojos en un escarabajo pelotero que acababa de descubrir.

A ver si tú eres capaz de encontrar la fila de hormigas que ha visto Verónica y otros dos tipos de insectos que también ha oteado.

¡Mirad qué rápido ha calculado! · 7

Cuando estaban ya muy cerca de la casa de Zoilo, un escandaloso croar de ranas llamó la atención de los niños.

—Parece que están peleándose —comentó Javier.

Jazz se acercó a la charca con curiosidad. Y las ranas saltaron asustadas dentro del agua, permaneciendo unos segundos en silencio.

—Cuando las ranas croan más de lo normal, es otro síntoma de que va a llover —les ilustró el pastor—. Lo mismo que si los palomos se bañan o los gatos se lavan la cara.

Los niños dirigieron la vista al cielo y vieron que en ese rato se había ido llenando de nubes.

—Pues vas a tener razón, Zoilo —reconoció Pablo, maravillado por la sabiduría natural del pastor.

—Esperemos que no llueva mientras volvemos a la finca —deseó Verónica.

—No, hasta la tarde no lloverá —les aseguró.

—¡Ay, se me ha posado una hormiga voladora en la mano! —gritó Diego.

Aun después de que se hubiera ido, continuaba sacudiéndosela con gesto de grima.

–Esa es otra señal de lluvia: las hormigas voladoras –sentenció Zoilo.

Natalia volvió a acordarse de su frase: «La naturaleza es muy sabia».

No se le iba de la cabeza.

Le parecía que era una gran verdad.

Una verdad escrita con plantas y flores.

Una verdad que podría serles muy útil, aunque aún no supiera cómo.

Pero ya habían llegado a la casa del pastor y, en cuestión de segundos, tanto ella como sus primos se vieron rodeados de ovejas que los empujaban o saltaban unas por encima de otras a tontas y a locas.

–Ayudadme a llevarlas a la máquina de ordeño –les pidió el pastor.

No era tarea fácil. Resultaba bastante complicado hacer que las ovejas no se apelotonaran, que fueran en fila.

Por suerte para ellos, la propia sala de ordeño que Zoilo tenía montada en una nave próxima a la vivienda las obligaba a formar una fila hasta llegar cada una a su celdilla.

Parecían ansiosas porque les liberaran las cargadas ubres.

–¡Sí que tienen leche! –se asombró Natalia palpándolas.

El pastor les enseñó a engancharles las pezoneras en cada una de ellas y, una vez colocadas, apretó el botón de encendido y la máquina ordeñadora se puso en marcha.

Los cinco primos contemplaban impresionados cómo la leche iba pasando por los tubos de plástico transparente hasta ir a parar a un tanque metálico.

—¿Cuánta leche da cada una? —se interesó Pablo.

—Un litro —respondió Zoilo.

—¿Y a cuánto te lo pagan? —quiso saber Javier, siempre preocupado por la economía.

—A 0,74 céntimos el litro.

—¡Qué poco! —exclamó frunciendo el ceño.

—Me parece que ha descartado este negocio —les comentó Natalia a los otros con sonrisa socarrona.

Ellos también se sonrieron, cómplices de su acertado comentario.

—¿Y cuánta leche se necesita para hacer un kilo de queso? —preguntó Diego.

—Cuatro litros.

—O sea, que te llevas 2,96 euros por queso —dedujo Javier.

—¡Mirad qué rápido ha calculado! —exclamó Pablo con retintín.

—¿Y cuánto tardas en ordeñarlas? —preguntó Diego, que estaba impaciente por ponerse a hacer el queso que les había prometido.

—Unos diez minutos.

—¡Uf! Pues si hay que ordeñar a todas, no nos va a dar tiempo a hacer el queso —se lamentó Natalia.

—No, ahora ordeño solo a la mitad; al resto, por la tarde. Y con vuestra ayuda iremos rápido.

Natalia y Diego respiraron aliviados.

Antes de que quisieran darse cuenta, habían acabado de ordeñarlas y estaban metidos de lleno en la tarea de hacer el queso bajo la supervisión y las instrucciones de Zoilo.

Verónica era la encargada de apuntar los pasos con su letra impecable, aunque su hermano solía reprocharle que casi horadara las hojas de lo mucho que apretaba el lápiz o el bolígrafo.

Cómo hacer queso de oveja

(Este truco conviene hacerlo bajo la supervisión de un adulto.)

Utensilios e ingredientes

- 2 litros de leche de oveja
- 2 paños de tela: uno para colar y otro para cubrir
- Olla
- Termómetro
- 1 cc de cuajo
- Recipiente para la cuajada
- Cuchillo
- Colador
- Sal
- Un molde redondo con agujeritos
- Tela de gasa
- Tabla

Paso a paso

1. Filtrar la leche que hemos recogido con el paño de tela para eliminar cualquier materia sólida.

2. Calentar la leche en una olla hasta alcanzar 65 °C y mantenerla en esta temperatura durante 30 minutos (pasteurizar). Con cuidado de no quemarse. ¡Es peligroso!

3. Volcarla en un recipiente ancho.

4. Dejar enfriar hasta que adquiera una temperatura aproximada de 35 °C (utiliza el termómetro).

5. Añadir al recipiente el cuajo que previamente se habrá diluido en agua potable (1 cc por cada 2 litros de leche) y mezclarlo durante un minuto.

6. Cubrir el recipiente con un trapo frío y dejar reposar de 30 a 40 minutos.

7. Pasado este tiempo, ya tenemos la cuajada. Para comprobarlo, hay que poner la mano –previamente lavada– sobre su superficie y ejercer una ligera presión. Si no se adhiere a la piel, está lista.

8. Cortarla en cuadrados dentro del mismo molde y agitar para conseguir que la cuajada adquiera la textura de una gominola y que suelte el suero.

9. Retirar el suero pasando la cuajada por un colador y agregar la sal (5 g).

10. Tomar el molde de agujeros y colocar el él la tela tipo gasa. Introducir después la cuajada. Esta se puede prensar por su propio peso o, si queremos asegurar una textura más firme, poner un peso encima. De este modo se extraerá mejor el resto del suero.

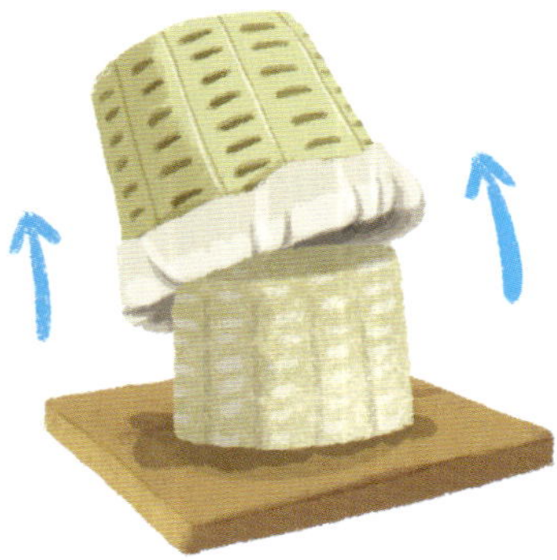

11. Sacarlo a una tabla para su secado.

12. Cortar y comer. ¡Está riquísimo!

Los cinco niños estaban entusiasmados al ver el resultado.

—¡Qué guay! ¡Está chupado hacer queso! —exclamó Javier contemplando su obra maestra. Le brillaban los ojos.

—Ya veréis cómo le falta tiempo para proponer este negocio —ironizó Natalia.

—No, que no le salen los números —le siguió Diego el rollo.

Zoilo agarró un queso de los que ya estaban curados y se lo dio a Javier.

—Este se lo llevas de mi parte a tu tío, que sé que le gusta mucho el queso. Y para nosotros voy a cortar unos tacos, que nos lo hemos ganado.

En cuanto estuvo el plato listo, Javier se abalanzó a coger un trozo de queso y pan.

—¡Mmmm, buenísimo! Haces el mejor queso del mundo, Zoilo.

Todos lo alabaron y comentaron lo mucho que les había gustado la experiencia.

Solo Verónica estaba muy callada.

Reconcentrada.

No dejaba de darle vueltas a la nube que había visto.

Instintivamente, volvió a coger el cuaderno y se dispuso a dibujarla.

Tláloc ·8

Cuando llegaron a la finca, lo primero que hizo Verónica fue mostrarles a los demás el boceto que había hecho de la nube. Durante todo el trayecto había ido explicándoles la curiosa forma que tenía y cómo de ella había surgido un disco brillante que, en un instante, había desaparecido en el cielo.

—¿Y dices que, antes de esa forma, tenía la del pez que vimos en la laguna? —inquirió Pablo observando atentamente el dibujo. No le cuadraba un cambio tan drástico en un lapso tan breve de tiempo.

—¡Qué nube más rara! ¿De verdad tenía estos ojos? Parece muy amenazante —comentó Javier.

—Es un dios mexicano —dijo Diego.

—¿En serio? —se asombró su hermana, abriendo mucho los ojos.

—Sí, el dios de la lluvia.

—¡Ostras! —exclamó Verónica, ahora totalmente convencida de que aquello era una señal más de las muchas de las que habían sido testigos—. Entonces... va a ser cierta esa teoría que circula por ahí de que tanto las civilizaciones mayas como los egipcios habrían tenido contacto con extraterrestres —concluyó.

–Pablo te dirá que estás sacando conclusiones precipitadas, que no se adecuan al método científico –le advirtió Javier con sorna–. En realidad, sigues sin estar segura de si el disco que viste era una nave extraterrestre o un fenómeno atmosférico.

–Sí, podría haber sido una erupción solar –corroboró Pablo, sin captar el tono irónico de su hermano–. Son explosiones que se dan dentro del Sol y producen radiaciones tan fuertes que son capaces de arrojar iones casi a la velocidad de la luz. O un tsunami solar. O...

–Yo creía que solo había tsunamis en el mar –lo interrumpió Natalia.

–Pues también puede haberlos en el Sol. Y tornados. Y bucles de corona.

–Ja, ja, ja. Me estoy imaginando al sol con un montón de bucles cayéndole por la cara. ¡Qué gracioso! –comentó Natalia.

–Son chorros de gas que salen despedidos por el magnetismo del Sol. Es muy chulo. Os lo enseño en la tablet.

Los niños dejaron las bicis en el cobertizo y entraron en casa para contemplar las imágenes de los fenómenos solares sobre los que les había ilustrado Pablo.

Identifica cada fenómeno con su nombre. ¿Crees que lo que ha visto Verónica podría ser alguno de estos fenómenos, o te inclinas más porque sea una nave extraterrestre?

Mientras Verónica escrutaba las fotos con gran detenimiento, Diego dijo:

–Tláloc. Es Tláloc.

Su hermana se volvió hacia él y lo miró como si tuviera fiebre o le hubiera dado un ictus.

–¿Qué idioma estás hablando, Diego? –le preguntó con cierta preocupación.

–El de Mordor –se rio Javier.

–Es el nombre del dios mexicano. Me acabo de acordar. Vamos a buscarlo en internet, ya veréis.

Diego les mostró varias representaciones del dios Tláloc: en piedra, en forma de vasija y en una pintura.

–¡Ahí va! ¡Es igual que la nube que vi yo! –exclamó Verónica, alucinada.

Pablo abrió el cuaderno de investigación y dibujó las tres imágenes del dios al lado de la nube que había bocetado Verónica. Luego fue añadiendo la información que les iba leyendo Diego de manera gráfica y esquemática.

Cuaderno de investigación

TLÁLOC

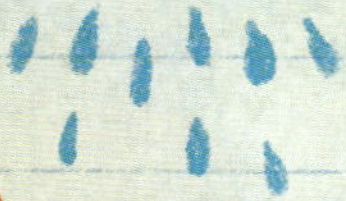

(1) Dios de la lluvia.

(2) Uno de los más antiguos en Mesoamérica.

(3) Los aztecas lo adaptaron a un dios agrícola.

(4) Los mayas lo identificaron como el dios Chaac.

(5) Envía el agua a través de sus ayudantes, los tlaloques.

(6) Tiene dos caras:
a) Fecunda la tierra.
b) Envía las tormentas y tempestades, rayos y relámpagos.

(7) Los rituales para los tlaloques se hacían en cerros o cuevas.

–¿Y por qué creéis que se nos ha aparecido en forma de nube? –preguntó Verónica.

–¿Para avisarnos de que va a llover? –sugirió Natalia.

–No lo creo. ¡Anda que no ha llovido aquí cantidad de veces y nunca hemos visto una nube así! –replicó ella–. ¿Y si ese dios fuera en verdad un extraterrestre? Imaginaos que los aztecas o los mayas hubieran visto lo mismo que yo: un disco dorado y muy brillante saliendo de una nube con esa forma... Seguro que habrían pensado que era un dios...

–¡Niños, ya está la comida! ¡Poned la mesa!

En vista de que no tenían más que conjeturas, los cinco se apresuraron a la escalera y la bajaron en tromba ante la llamada de Julia.

–¡Mmmm, ensaladilla rusa! ¡Qué rica! –exclamó Natalia.

–¡Y filetes empanados, mis favoritos! –se relamió Diego.

Javier se acordó del queso que se había quedado arriba, dentro de la mochila de Pablo, y subió a buscarlo como una exhalación.

Durante la comida, los niños le contaron a Julia la inolvidable experiencia que habían vivido ordeñando ovejas y haciendo queso con su leche.

Solo Verónica continuaba pillada con la experiencia extrasensorial de la nube y el platillo volante. No paraba de darle vueltas al posible mensaje que alguien había querido enviarles y de intentar relacionarlo con todos los demás hechos paranormales que habían percibido hasta ese momento.

Una tormenta descomunal • 9

Apenas habían terminado el postre cuando un trueno retumbó encima de la casa. No una, sino varias veces.

Jazz fue a refugiarse debajo de la silla de Julia, lloriqueando.

Los niños se quedaron paralizados.

Tenían la impresión de que el cielo habría reventado con semejante tronada.

Pero un espectacular relámpago los obligó a mirar hacia la cristalera que daba a la piscina.

Instintivamente, los niños se apresuraron hacia la zona de estar, se subieron al sofá que estaba de espaldas al ventanal y se apostaron en él de rodillas para contemplar el apoteósico espectáculo a través de los ventanales.

A ese primer relámpago le siguió otra tanda de ellos.

Fastuosos.

Electrizantes.

Tenían un gran poder hipnótico.

Las luces estallaban en zigzag dibujando un reguero de diseños impredecibles.

Los primeros tiñeron el cielo de tonos malva, distintos azules y morado.

Luego vino un estallido de luces rosadas.

Y finalmente una explosión amarilla, que dejó un velo color azufre.

Verónica se quedó sin habla cuando uno de los relámpagos dibujó la silueta del extraterrestre de la cueva. Pero no pudo decir nada porque estaba su madre.

Y había ocurrido tan rápido...

¿Se habrían dado cuenta los demás?

En ese momento, un extraño sonido de un instrumento que no lograba identificar le penetró el oído.

No era un violín.

Ni un violonchelo.

Ni una guitarra eléctrica.

No. Definitivamente, no era ningún instrumento conocido, pero parecía de cuerda.

Aunque... también podría ser el final apoteósico de unos platillos.

El sonido le produjo un extraño y contradictorio sentimiento, de calma y tensión a la vez. ¿Era eso posible?

Poco a poco, la calma fue dejando paso a la tensión hasta alcanzar un grado insoportable. Tenía incluso ganas de chillar.

Por suerte, el repiqueteo rítmico y apaciguador de la lluvia que comenzó a caer sobre las losetas de alrededor de la piscina sofocó aquel desasosegante sonido.

El cielo se había oscurecido tanto que parecía que la noche se iba a echar encima cuando solo eran las tres y media de la tarde.

Y de pronto...

Se desató una tromba de agua.

Las gotas rebotaban con rabia sobre las losetas.

También repicaban en el agua de la piscina, dejando pequeños hoyos.

En un instante, comenzaron a formarse riadas que se precipitaban en pequeñas cascadas sobre la hierba.

Cuando cesó la lluvia de golpe, ninguno podría decir cuánto tiempo había durado aquella tormenta; estaban hipnotizados.

Y todavía no se había acabado el espectáculo.

El sol brilló con fuerza y una de las nubes se iluminó como una vistosa lámpara anaranjada.

A continuación, los rayos del astro rey se proyectaron por todo el cielo.

Verónica pudo ver entonces cómo la nube se apagaba y por unas décimas de segundo adquiría la forma del dios Tláloc, para inmediatamente deshacerse en una sutil veladura blanquecina.

–¿Vamos a ver qué tal están los caballos? –sugirió.

En realidad, lo que quería era salir de casa para poder comentar con su hermano y sus primos si habían visto lo mismo que ella, aunque sin duda también le preocupaban sus queridos caballos.

¿Se habrían refugiado en el establo?

Casi nunca lo hacían. Pero igual con semejante tormenta...

¿Tú qué crees?

¿Qué consecuencias imaginas que habrá provocado la tormenta? Puede ser más de una.

a) Un rayo ha caído en el establo y lo ha destrozado.

b) Los caballos, asustados, han saltado la valla y se están comiendo el sembrado de Calixto.

c) Terrumi ha intentado saltar la alambrada y se ha herido en la tripa.

d) A Tara la ha alcanzado un rayo y ha caído fulminada.

e) Los caballos se han puesto a galopar descontrolados por toda la finca.

f) Un círculo de hierba quemada ha aparecido en mitad de la finca.

Un contratiempo · 10

Los niños se precipitaron fuera de la casa.

El campo exhalaba un agradable aroma a humedad y un sol abrasador se abría paso entre las nubes y les picaba con fuerza la piel.

—¿Habéis visto el extraterrestre? —les preguntó Verónica en cuanto se hubieron alejado unos metros.

—¿Qué extraterrestre? —Pablo frunció la frente con extrañeza.

Verónica se llevó una gran decepción. Estaba claro que él no lo había distinguido.

—El que dibujó uno de los últimos relámpagos en el cielo. Era idéntico al de la roca de la cueva. Duró unas décimas de segundo, pero pensé que también vosotros os habríais dado cuenta.

—Con lo rápido que estallan los relámpagos, es imposible distinguir nada —comentó Javier.

«Vaya, otro que tampoco...», pensó Verónica, desalentada.

—¿Y tú Diego? —le preguntó con poca esperanza.

—Pues no, nadie tiene tu capacidad de observación y la rapidez con que pillas todo, Vero —respondió él—. Tienes una cámara en la cabeza, nada escapa a tu vista de lince. Y jamás olvidas una cara...

—Tampoco yo... —declaró Natalia, cariacontecida.

—Al menos sí veríais la nube con la forma del dios Tláloc.

—¿Otra vez? —se extrañó Diego.

—Sí, justo después de la tormenta. El sol iluminó una nube y, cuando se apagó, adquirió su forma durante unos segundos. Pero se evaporó enseguida. ¿Cómo os ha podido pasar desapercibido, con lo peculiar que es?

Los cuatro se encogieron de hombros.

—¿Y no escuchasteis un sonido muy extraño?

Por la cara que pusieron, supo que no. Pero, aun así, se empeñó en detallárselo.

—Era como una nota continuada, muy aguda, de un instrumento desconocido. Parecía que me iba a taladrar el tímpano...

—Como no se lo preguntes a Jazz... —comentó Javier con sorna.

—¡Muy gracioso, Javi! —replicó ella.

—También los perros son capaces de oír ultrasonidos —se justificó él con mucha guasa.

—Me pregunto por qué habrá aparecido el dichoso dios ese por segunda vez y por qué el relámpago dibujó la forma del extraterrestre de la cueva —musitó Verónica.

—Tenemos demasiadas preguntas y pocas respuestas —constató Diego.

—Ojalá hubiera podido fotografiarlos, pero sucedió tan rápido... —se lamentó ella, que seguía con la mente en esas dos imágenes.

Pero el sonido del móvil las hizo saltar por los aires. Sobre todo, al comprobar que era una videollamada de Marcos.

—Mirad cómo le ha cambiado la cara —comentó Javier.

Verónica, que conocía demasiado bien a su primo, se alejó de ellos para hablar con mayor intimidad.

Pero Javier corrió delante de ella con el dedo anular de la mano derecha levantado haciendo el gesto de circundarlo con el índice de la mano izquierda.

—*¿Y el anillo pa cuándo*? —cantó para picarla.

Ella se dio la vuelta y se alejó bordeando la casa hasta perderlo de vista.

Regresó al cabo de cinco minutos con cara de funeral.

Los ojos anegados en un pozo de tristeza.

—¿Qué te pasa? —le preguntó Javier, arrepentido de haberla pinchado.

—Marcos no va a venir este verano. No vendrá hasta la Navidad, con sus padres —respondió.

Estaba haciendo un gran esfuerzo por contener las lágrimas.

No le gustaba que la vieran llorar.

—Bueno, al menos va a venir. Solo son unos meses más —trató de consolarla su hermano.

—Tú no lo entiendes, Diego. Estaba ya contando los días y, de pronto, este palo... No sé si dejarlo, es absurda una relación a distancia, casi no nos vemos.

—¡Pero si estás superpillada! ¿Cómo lo vas a dejar? —se escandalizó Natalia.

—En todo caso, piénsalo bien, no tomes la decisión en caliente —le recomendó su hermano.

—Tiene razón Diego —corroboró Pablo—. Espera a que se te pase el disgusto.

—Anda, vamos a ver si están bien los caballos —propuso Javier para distraerla.

Los caballos eran su otro gran amor.

Tenía auténtica pasión por ellos.

Podía pasar horas susurrándoles palabras en el oído, acariciándolos, intercambiándose soplidos con la nariz, cepillándoles el pelo, dándoles zanahorias...

Nunca se cansaba de estar con ellos.

Los caballos le transmitían una gran paz.

Tenía la sensación de que la entendían, de que sabían siempre cuál era su estado de ánimo.

Eran su refugio. Le servían de consuelo, pero...

¡También le recordaban a Marcos!

Los dos compartían ese amor por ellos.

Aunque él sabía infinitamente más. Le había enseñado un montón acerca de los equinos.

Y ahora no iba a venir hasta las Navidades. ¡No era justo!

Igual las cosas pasaban por algo...

Igual era la señal que necesitaba para dejar la relación...

¿Acaso tenía sentido una relación que siempre iba a ser a distancia?

Los efectos de la tormenta ·11

Verónica se dejó arrastrar por su primo Javi, que la llevaba de la mano.

A pesar de que le encantaba picarla, también podía ser muy cariñoso en los momentos difíciles.

Ella se alegró de tenerlos a su lado. En esas circunstancias eran un gran consuelo.

Un ligero temblor de tierra y el ruido de los cascos de los caballos golpeando el suelo pusieron a Verónica en guardia.

Y cuando vio el galope desbocado que traían, sus orejas totalmente inclinadas hacia atrás y la ausencia de Yerma y Terrumi, supo que había sucedido algún contratiempo.

Los caballos rodearon a los niños piafando, relinchando y rebufando.

—¡Algo le ha ocurrido a Yermita! ¡O a Terrumi! —exclamó Verónica con el corazón encogido.

—No seas agorera, Vero —la regañó su hermano—. ¿Por qué ha tenido que pasarles algo?

–¿No ves que no están? –le replicó ella, muy alterada.

–Se habrán quedado rezagadas comiendo hierba. Ya sabes lo tragona que es Yerma. ¡Menuda panza está echando! –la tranquilizó él.

–¿Pero no has visto cómo venían de estampida? Te digo que ha pasado algo.

Y sin más, comenzó a correr hacia donde se encontraban el establo y el bebedero.

Llegó casi sin aliento, seguida de los demás a cierta distancia.

Pero, al ver a Terrumi, se quedó paralizada.

La potrilla estaba sangrando abundantemente por una herida. Y su madre permanecía junto a ella moviendo una oreja hacia adelante y la otra hacia atrás, en un claro gesto de preocupación.

Cuando la vio, Yerma soltó un bufido a medio camino entre el relincho y el rebuzno, como pidiéndole ayuda.

Pasado el primer momento de pánico, Verónica se acercó a Terrumi para ver el alcance de la herida y llamar al veterinario de inmediato. Por suerte, esa zona de la finca tenía la mejor cobertura.

Estaba tan nerviosa y asustada que le pareció que el teléfono había dado ya unos veinte tonos.

¿Y si Nacho estaba lejos del teléfono y no se lo cogía?

¿Y si estaba atendiendo un parto?

La espera se le hizo interminable hasta oír la voz del veterinario.

—¡Nacho, Terrumi tiene una herida enorme y se está desangrando! —exclamó desesperada, casi lo chilló.

Lo único que acertó a escuchar fue que Nacho salía de inmediato para allá, que no estaba lejos.

Entonces sí que se echó a llorar.

Las lágrimas que había estado aguantando todo ese rato rodaban como gruesas gotas de rocío por sus mejillas, sin control.

—¿Qué ha pasado? —preguntó Diego, igual de horrorizado que su hermana al ver a la potrilla desangrándose.

—No lo sé. Cuando llegué ya estaba así. Lo sabía. Sabía que algo había ocurrido —sollozaba a moco tendido.

Natalia y Javier le pasaron cada uno un brazo por encima para consolarla, mientras que Pablo se agachaba para ver la herida de Terrumi.

—Hay que llamar a Nacho —declaró.

—Ya lo he hecho, está viniendo —respondió Verónica—. Espero que no tarde.

—Tiene un buen desgarro en la tripa. Empieza debajo del hombro y mide unos veinte centímetros —les informó Pablo.

Verónica no pudo evitar acordarse del dichoso dios de la lluvia.

¿Y si le hubiera estado advirtiendo de esto durante todo el día?

Aunque pensándolo bien…

Lo que le había ocurrido a Terrumi había sido por culpa de él.

El dios Tláloc había desencadenado esa formidable tormenta, qué él mismo se había encargado de anunciar en forma de nube, y había vuelto a aparecer justo después de ella.

Estaba segura de que la potrilla, asustada por los truenos y relámpagos, había intentado saltar la valla, se había clavado los pinchos que la coronaban y, al tratar de separarse de ellos, se había hecho el desgarro.

Si eres un buen detective, seguro que lograrás descubrir en qué lugar de la valla se hizo el desgarro Terrumi.

Verónica se acercó al vallado para comprobarlo y, en cuanto descubrió los pinchos ensangrentados, sintió una acometida de ira.

¿Y si tanto el dios Tláloc como el extraterrestre estaban compinchados para ir contra ella?

Primero lo de Marcos y ahora esto... ¡Demasiadas casualidades!

¿No era muy raro que ni su hermano ni sus primos los hubieran visto?

—Creo que el extraterrestre y el dios Tláloc se han confabulado contra mí —sentenció.

—¿Pero qué chorradas dices, Vero? —le reprochó su hermano.

—¿No veis que todo coincide? Soy la única que ha visto al dichoso dios, la única que ha visto al extraterrestre y, justo después, me llama Marcos para decirme que no va a venir y Terrumi se hace el desgarro. ¡Por favor, miradme a ver si tengo la marca de la lágrima por algún lado! —exclamó histérica.

—Tranquilízate, Verónica —intentó calmarla Pablo—. Todo lo que estás diciendo es porque estás muy nerviosa. Y cuando uno pierde los nervios, se le nubla la razón. Piensa con la cabeza: ¿por qué un dios maya y un extraterrestre iban a ir contra ti precisamente? ¿No ves que eso no tiene ningún sentido?

—Igual no les ha gustado que los haya visto. Mirad cómo han cerrado la cueva del extraterrestre a cal y canto... —insistió ella—. Podría ser algún tipo de advertencia.

—Estás presuponiendo demasiadas cosas —le hizo ver Diego—. Por un lado, que escuchan nuestras conversaciones y son capaces de entender nuestro lenguaje, cosa muy poco probable, por no decir cero. Por otro, que el dios Tláloc está confabulado con el extraterrestre para fastidiarte la vida. Y, por último, que lo de Terrumi solo te afecta a ti. De verdad, piensa un poco.

Pero su hermana estaba demasiado nerviosa para razonar.

—Voy a buscar a mamá para que le vaya desinfectando la herida mientras esperamos a que llegue Nacho.

Verónica corrió hacia la casa todo lo que le daban de sí las piernas. Necesitaba llevar a cabo alguna actividad que la ayudara a controlar su nerviosismo.

Corría con furia, para hacer saltar sus pensamientos por el aire.

Se sentía incomprendida.

Para su hermano y sus primos era muy fácil pensar de otro modo, porque no habían sufrido ningún daño colateral. Y no habían visto lo mismo que ella.

Verónica irrumpió en casa como un ciclón, la cara roja por la carrera y un gesto de gran preocupación.

Su madre, que estaba leyendo tumbada en el sofá, se puso en pie de un salto, alarmada por su actitud y sus gritos.

Sobre la marcha, cogió todo lo necesario para una cura de urgencia y las dos corrieron hacia donde estaban los demás.

Verónica se acordó también de agarrar al vuelo unos azucarillos para entretener a Terrumi mientras le desinfectaban la herida.

Desinfectar la herida de un caballo

Materiales

- Jabón
- Agua (un cubo, un espray o una manguera, si hay donde enchufarla)
- Gasas esterilizadas
- Solución yodada

Paso a paso

1. Para que el caballo permanezca quieto, acariciarlo suavemente mientras se le susurran palabras tranquilizadoras o se le ofrece un poco de pan, un azucarillo o una zanahoria.

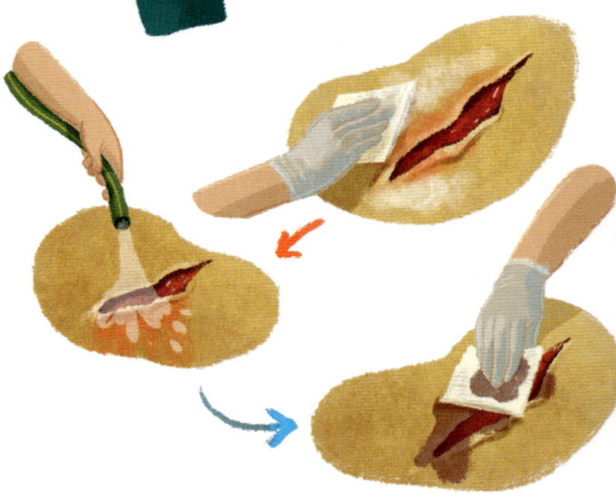

2. Limpiar alrededor de la herida con la solución jabonosa. Nunca dentro de ella.
3. Enjuagar con agua.
4. Aplicar la solución yodada con gasas esterilizadas.

¿Y si no las supera? ·12

Verónica acarició a Terrumi y le metió en la boca el primer azucarillo para que permaneciera tranquila y no diera coces. Su madre aprovechó la circunstancia y se dispuso a desinfectarle la herida con un cuidado extremo.

Lo más complicado fue aclarar la solución jabonosa con agua. Había que hacerlo muy despacio para que la potrilla, que estaba asustada y dolorida, no se alterara.

Verónica le susurró en la oreja unas palabras mientras introducía un segundo azucarillo en su boca.

Julia descartó el espray, ya que el ruido que hacía inquietaba sobremanera a Terrumi, y decidió verter el agua suavemente, tomándola del cubo en el cuenco de su mano.

Cuando llegó Nacho, ya Julia estaba untándole la solución yodada con una gasa esterilizada, sin ejercer apenas presión en su piel.

Al oír su voz, tanto ella como Verónica respiraron aliviadas de poder dejar en sus manos la tarea de curarla.

Julia se secó un hilillo de sudor que le caía por el lateral del cuello, y Verónica se echó el pelo hacia atrás y se lo colocó por detrás de la oreja. En ese momento sintió que le agobiaba tenerlo tan encima de la cara: le tapaba un ojo y le daba calor.

Después de analizar la herida, Nacho sacó una inyección de su maletín y les informó:

–Tengo que anestesiarla para coséresela; si no, va a ser imposible. Pero habéis hecho un buen trabajo limpiándole la herida. Anda, Verónica, sujétamela un momento.

Verónica volvió a agarrar la cabezada de Terrumi mientras le susurraba palabras tiernas al oído. Pero esta buscaba otro azucarillo en su mano.

–¿Puedo darle otro terrón de azúcar? Le he dado ya dos –le informó a Nacho.

Sin embargo, no hizo falta, porque ya Nacho le había puesto la anestesia. Terrumi dobló las patas y cayó de bruces en el campo.

Yerma rebufó enfadada y Verónica fue hacia ella para tranquilizarla.

–Ssshhh, no pasa nada, Yermita. Nacho la va a curar –dijo dándole uno de los azucarillos que había cogido para Terrumi y, dirigiéndose al veterinario, inquirió–: ¿Se pondrá bien?

–Las veinticuatro primeras horas son cruciales. Si las supera...

Verónica empalideció y sintió que la chopera daba vueltas a su alrededor.

–¿Y si no lo hace? –preguntó, con el pánico reflejado en sus ojos.

Nacho se dio cuenta de lo afectada que estaba y respondió:

—A ver... Terrumi es una potrilla muy fuerte y lo hemos cogido a tiempo... Yo creo que las superará —respondió mientras le daba la primera puntada—. Le pondré una inyección de penicilina para evitar una septicemia.

—¿Qué es una septicemia? —preguntó Natalia.

—Una infección generalizada, que se extiende por todo el cuerpo —le informó Pablo.

Verónica contemplaba preocupada el costurón que se iba formando en la tripa de su querida Terrumi, y pensaba en lo mucho que le dolería al brincar y dar coces en el aire, como solía hacer. Todavía estaba en una edad muy juguetona.

Se acordó de cuando estaba recién nacida, cómo la cogía en brazos y le daba un biberón de suero, y las lágrimas se le volvieron a agolpar en los ojos.

Nacho terminó su trabajo y esperó a que la potrilla se despertara y se espabilara del todo. Luego les dio las instrucciones de lo que debían hacer y les dijo que estaría pendiente por si lo necesitaban.

—Pero... ¿vamos a dejarla aquí fuera por la noche? —se estremeció Verónica.

—¿Y dónde quieres que esté? Tiene el establo, ponedle una lona limpia encima de la paja.

—Verónica querría meterla en su cama —le informó Diego.

—Es que nunca se quedan en el establo, a no ser que haga mucho frío —se justificó ella, porque efectivamente había pensado, si no meterla en su cama, sí llevársela a casa.

–Con buena temperatura, donde mejor están los caballos es en el campo –la tranquilizó él.

La potrilla hizo un par de intentos por levantarse y comenzó a andar cojeando.

–Terrumi, ahora tienes que estar quieta y descansar –le advirtió Verónica.

–Tranquila, es bueno que quiera andar. Ya verá ella que hay movimientos que no puede hacer porque le duele. La naturaleza es muy sabia.

Esta última frase alertó de nuevo a Natalia.

Le parecía que ahí estaba la clave de lo que andaban buscando, pero ignoraba el cómo y el porqué. De momento era solo una intuición.

En su cabeza brotaron sin orden ni concierto todos aquellos elementos de la naturaleza que habían sido avisos en sus pesquisas, tanto animales como plantas. Quizá si consiguiera encontrar la relación entre ellos...

Mentalmente los agrupó y fue haciendo diversas clasificaciones que le permitirían sacar conclusiones y que luego traspasaría al cuaderno de investigación.

Cuaderno de investigación

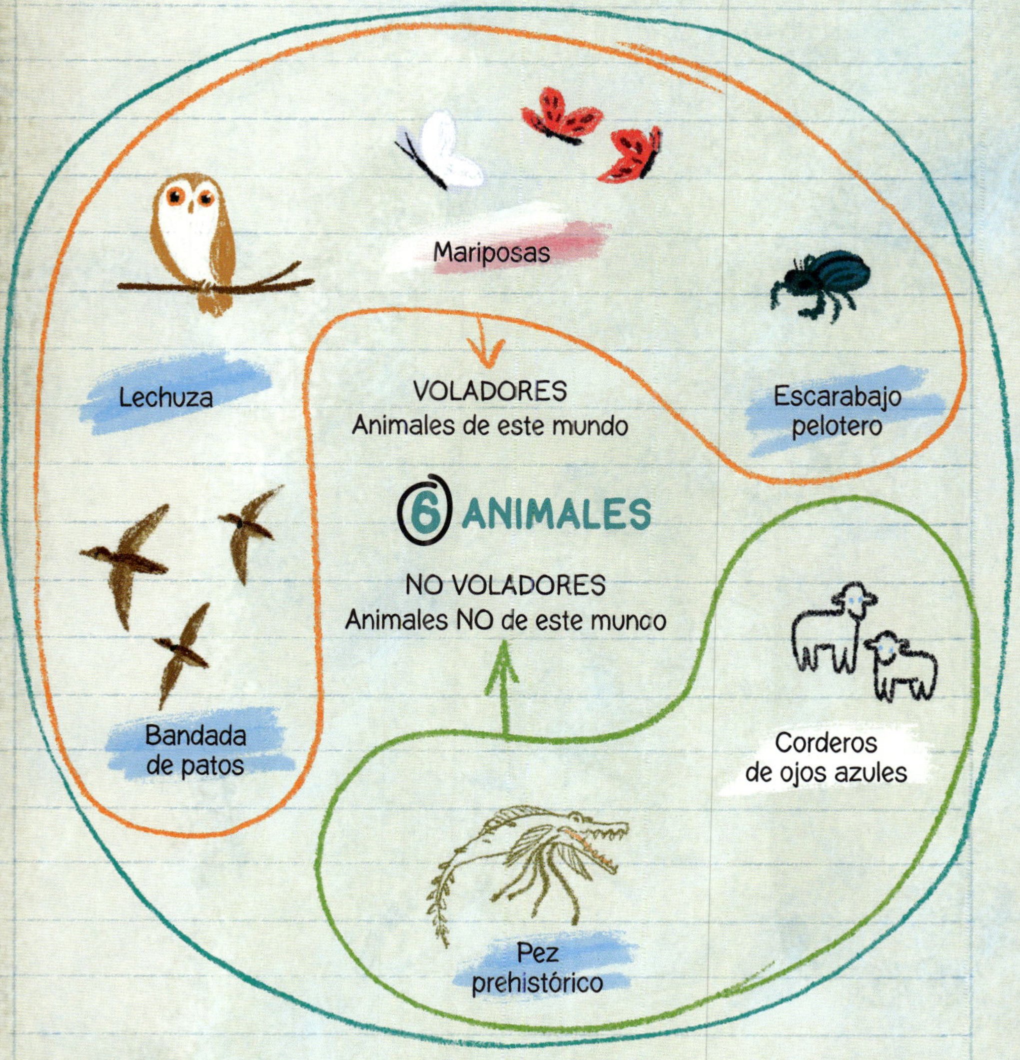

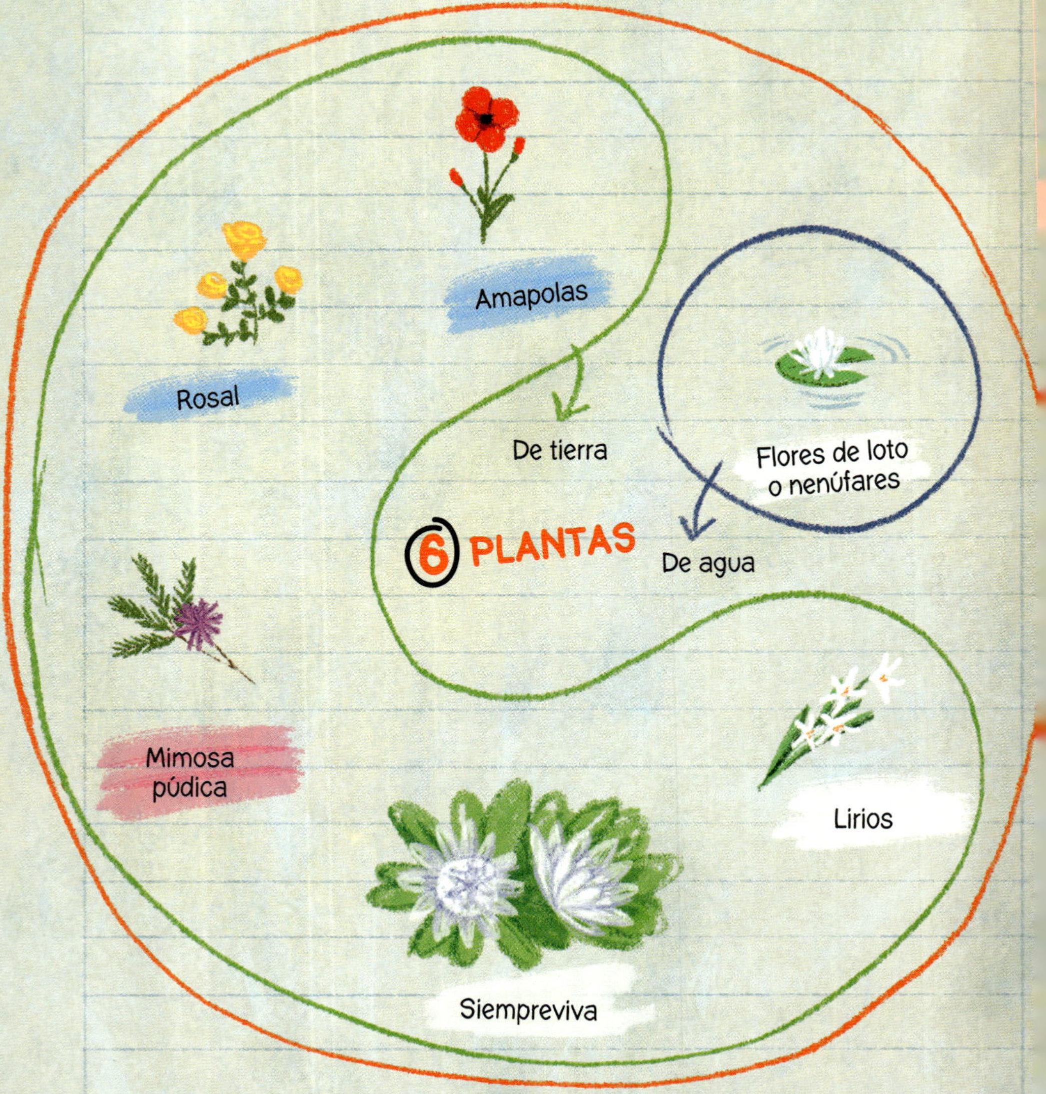

Blancos: mariposa, corderos, nenúfares, lirios, siemprevivas.

De color rosa magenta: el círculo de mariposas, mimosa púdica.

Otros colores: lechuza, escarabajo pelotero, patos, pez prehistórico, amapola, rosal.

Lo primero que llamó la atención de Natalia fue que había el mismo número de animales que de plantas. Dentro de los animales, vio que los voladores eran todos animales de este mundo, mientras que los no voladores eran animales extraños, prehistóricos o tal vez pertenecientes a algún otro planeta.

En cuanto a las plantas, todas eran flores silvestres, normales y corrientes. Al clasificarlas por colores, vio que coincidían en número: había tantas plantas blancas como de colores; sin embargo, solo los nenúfares eran acuáticos. Ahí estaban claramente descompensados los dos grupos. Por último, y tratando de llegar a alguna conclusión, mezcló plantas y animales y los agrupó según el color. Menudo lío. ¿Tendría algún significado todo aquello?

¡Ahí tenéis la prueba! ·13

Mientras acompañaban a Nacho hasta su coche, a Verónica se le ocurrió una idea estupenda.

Una grandísima idea.

—Mamá, ¿nos dejas montar la tienda de campaña cerca del establo y dormir ahí esta noche? Así podríamos estar pendientes de Terrumi.

—¿Tan alejados de la casa? —se agobió Julia, pues el establo quedaba a un kilómetro.

En cambio, a los demás les pareció una iniciativa fabulosa.

—¡¡¡Sí, porfa, déjanos!!! —gritaron, emocionados ante la perspectiva de una noche repleta de aventuras.

Julia se dirigió a Nacho buscando un apoyo que le permitiera negarse a su petición.

—¿Has visto lo que ha discurrido mi hija con tal de no separarse de Terrumi? ¿No te parece que lo que la potrilla necesita es tranquilidad? Además, me da miedo que los caballos no vean la tienda de noche y puedan aplastarlos.

—Por eso no te preocupes: los caballos tienen buena visión nocturna. Si los niños montan ahora la tienda, tendrán tiempo de acostumbrarse a ella y, de noche, ya no les chocará ni tratarán de investigar de qué se trata. ¿De qué color es la tienda?

—Es azul —respondió Diego.

—Ah, perfecto —dijo Nacho—. El azul, junto con el gris y el amarillo, son precisamente los colores que el caballo es capaz de distinguir.

—No me estás ayudando nada para disuadirlos —se rio Julia, resignada.

Nacho puso cara de circunstancias.

—Ay, lo siento. No me di cuenta de que buscabas complicidad, solo quería tranquilizarte.

—¿Lo ves, tía Julia? No corremos ningún peligro —constató Javier.

—Y podremos cuidar de Terrumi —añadió Verónica, aliviada.

—Ya veo que no vais a dormir nada —predijo ella.

—Total, estamos de vacaciones —comentó Pablo.

Como ya habían llegado al coche del veterinario, los niños se despidieron rápidamente de él y entraron en casa para coger la tienda de campaña y demás enseres que necesitaban. A continuación, fueron a buscar una lona que tenían en el cobertizo para hacerle una cama a Terrumi.

Antes de que Nacho hubiera alcanzado la verja, ya estaban ellos corriendo de nuevo hacia el establo.

Lo primero que hicieron fue sacar toda la paja vieja con el rastrillo. Luego deshicieron una de las pacas que les había regalado Rufi y esparcieron un nuevo lecho bien mullido.

A continuación, extendieron la lona y trataron de conducir hacia allí a Terrumi enseñándole una zanahoria.

—Mira qué bien vas a estar aquí. Es un hotel de cinco estrellas —le aseguró Verónica acariciándole el aterciopelado morro, mientras pensaba que ni el más suave de los tejidos se le parecía ni de lejos—. Anda, túmbate.

Verónica bajó la zanahoria para intentar que se acostara en el lecho que le habían preparado.

Pero a la potrilla le costó un poco entender lo que se esperaba de ella, y trataba de coger la zanahoria agachando la cabeza.

Por fin lo lograron. Verónica se recostó a su lado.

—Me parece que mi hermana duerme hoy aquí —dijo Diego.

—Bueno, venga; los demás vámonos a montar la tienda —los exhortó Javier.

Tardaron un rato en ponerse de acuerdo en cuál sería el mejor sitio. Pero, una vez tomada la decisión, se pusieron a ello sin pérdida de tiempo.

En cuanto la tuvieron montada, como aún eran las seis de la tarde, pensaron en jugar al béisbol en una gran explanada que estaba casi a continuación del establo y fueron a por el bate, el guante y la pelota.

Verónica seguía tumbada junto a Terrumi para que esta no se levantara, pero, cuando la potrilla vio regresar a los niños, se puso enseguida de pie, pensando que le traerían más zanahorias o algún azucarillo. Los caballos son insaciables.

—¡Jopé! Por vuestra culpa se ha levantado. ¡Con lo tranquilita que estaba! —se lamentó ella.

Incluso había renunciado al partido de béisbol con tal de que Terrumi hiciera reposo, a pesar de lo mucho que le gustaba jugar. De hecho, había sido ella la que les había enseñado a los otros las reglas al volver del año que había pasado en un colegio en Inglaterra. Igual que a tirar con arco.

—Verónica, por más que te empeñes, no vas a conseguir que Terrumi se quede ahí tumbada hasta mañana —razonó su hermano—. Anda, déjala un poco a su aire. ¿No ves que está bien?

Verónica fue con ellos rezongando, pero enmudeció al ver la explanada que lo mismo les servía de campo de béisbol que de fútbol.

—¿Qué es esto? —preguntó Diego, anonadado.

A Verónica le volvieron de golpe a la cabeza las distintas señales que había estado percibiendo durante el día, y se hizo una rápida composición.

—¿Lo veis? ¡Ahí tenéis la prueba de todo lo que he presenciado! —exclamó, entre sorprendida y contenta.

—¡Ostras, qué fuerte! —exclamó Javier—. ¿Crees, entonces, que el platillo volante que viste salir de la nube ha aterrizado aquí?

—Efectivamente. Y eso fue lo que asustó a Terrumi, no la tormenta, como pensé en un principio.

Los niños se acercaron temerosos al impresionante círculo de color dorado que había dibujado en la tierra.

Un círculo enorme, como de unos cincuenta metros de diámetro.

Un círculo perfecto.

Y la tierra y los hierbajos que había dentro de él habían quedado totalmente aplastados y requemados.

—¡Jopé, qué miedo! Después de esto, no dormiremos aquí, ¿no? —masculló Natalia.

—A ver, que no se nos vaya la pinza —declaró Pablo—. Vamos a analizar las cosas con lógica. No podemos dar por bueno lo primero que se nos venga a la cabeza.

—Y si no es la marca de un platillo volante, ¿qué diablos es esto? —preguntó Verónica, todavía en *shock*.

Pablo se rascó la cabeza y apretó los labios.

—Pues... no se me ocurre nada, la verdad. Bueno, sí... Verónica, déjame tu móvil.

Verónica sacó el teléfono que llevaba siempre consigo, colgado de una cinta, tratando de imaginar qué pensaba hacer su primo con él.

¿Tú qué crees?

¿Se te ocurre qué va a hacer Pablo con el móvil?

a) Sacar una fotografía del círculo.

b) Medir el círculo.

c) Comprobar la intensidad del campo magnético dentro del círculo.

d) Llamar a Julia.

e) Buscar algo en internet.

f) Llamar al periodista de Segovia que les ha ayudado en otras ocasiones.

Un debate feminista ·14

Pablo tomó el móvil que le pasó Verónica, trasteó unos minutos con él muy concentrado, sin informar a los otros de lo que estaba haciendo, y se metió dentro del círculo.

Los demás contuvieron la respiración, pensando que el círculo dibujado se iluminaría y... aparecerían los templarios.

O el platillo volante que había dejado esa huella caería sobre él y lo aplastaría.

O se abriría un agujero gigantesco y la propia tierra lo engulliría.

O sería succionado por la nave extraterrestre, que los estaría vigilando...

En momentos de tensión, la imaginación se dispara sin límites.

Sin embargo, Pablo se agachó tranquilamente y sostuvo el móvil a pocos centímetros del suelo.

Los demás pasaron de imaginar toda clase de peligros a estar realmente intrigados.

—Pablo, ¿qué estás haciendo? —le preguntó su hermano.

—Estoy midiendo la intensidad del campo magnético. Me he bajado una aplicación.

Y sin más, examinó el móvil para ver qué resultados arrojaba.

Después salió del círculo y volvió a repetir la operación a varios metros de ahí.

—Dentro del círculo es mayor la intensidad magnética —declaró.

—¿Y eso qué significa? —preguntó Diego.

—Podría ser consecuencia de una tormenta geomagnética. Se producen cuando algunas de las partículas cargadas de iones que provienen del viento solar consiguen escapar de los cinturones de Van Allen, que normalmente las atrapan. Y eso ocurre a causa de una erupción solar.

—¿Qué son los cinturones de Van Allen? —se interesó Javier.

—Son dos zonas de la magnetosfera terrestre con forma de anillo donde se concentran grandes cantidades de partículas de alta energía, y se llaman así por su descubridor. Se hallaron gracias al satélite Explorer 1.

—Me está bien empleado, por preguntar —masculló su hermano—. A ver, señor profesor, traduce todo eso.

—Quédate con que son unas zonas alrededor de la Tierra donde se concentra mucha energía, con gran capacidad magnética y que tienen forma de anillo.

—Entonces, ¿no es una nave extraterrestre? —dijo Verónica, decepcionada y aliviada a partes iguales.

—¿Y si fuera un mensaje de la propia naturaleza? —saltó Natalia, que llevaba todo el día dándole vueltas a esa idea.

—¿Qué tipo de mensaje? —preguntó Diego.

—Pues... no sé... Igual está enfadada por lo mal que la cuidamos, por la cantidad de basura que generamos...

—Los quechuas, los aymaras y otras etnias de los Andes rinden culto a la Pachamama o madre naturaleza —le ilustró Diego—. Ellos tienen un profundo respeto por todo lo que ella nos da: vegetales, frutos, animales...

—Como debe ser —asintió Natalia.

—Ya estoy viendo que la Hierbas va a levantar un altarcito a la Pachamama y va a hacer todo tipo de rituales, como esos pueblos primitivos —comentó Javier con retintín.

—Pues te recuerdo que las civilizaciones supuestamente más avanzadas, como la nuestra, son las que más contaminan, las que más basura producen, las que más maltratan a los animales... En resumen, las más salvajes —sentenció ella.

—¡Toma ya! ¡Menudo repaso te ha dado la peque, Javi! —se rio Verónica.

—¿De dónde se saca esta niña semejantes reflexiones? —comentó Pablo, admirado de su razonamiento.

—¿Qué pasa?, ¿que por ser pequeña no puedo pensar? —se molestó ella.

—¡Aquí hay para todos! ¡Di que sí, Natalia! —exclamó Diego.

—¡Las mujeres al poder! —se enardeció Verónica.

—¡Hala, ¿y eso a qué viene?! ¡Ya estamos con el rollo del feminismo! —protestó Javier.

—No es ningún rollo, Javi —contraatacó Verónica—. Reconocerás que el poder siempre ha estado en manos de los hombres. Y creo que no vendría mal un cambio, para variar. Al menos, que tengamos la oportunidad.

—¿Y quién os lo impide? Si ahora hay cuotas para todo y siempre salís beneficiadas las mujeres —replicó Javier.

—Yo no quiero cuotas, eso nos hace de menos; no las necesitamos, no somos unas pobres tontas —saltó Verónica—. Solo quiero justicia y que las mujeres dejemos de ser invisibles.

—Me pregunto en qué momento hemos pasado de tratar de buscar una explicación a este círculo a abrir un debate sobre el feminismo —caviló Pablo.

—Ja, ja, ja, tienes razón —asintió Diego.

—Bueno, ¿qué? ¿Jugamos al béisbol? —propuso Javier, algo escaldado.

—No sé si será conveniente. Lo digo por si hay algún otro tipo de radiación —declaró Pablo—. La magnética no es que sea altísima, pero igual deberíamos esperar un poco...

—¿Cuánto medirá el círculo? —se preguntó Diego—. Es enorme.

—Enseguida lo averiguamos —respondió Pablo.

Y volviendo a meterse en él, comenzó a contar los pasos en línea recta hasta la otra punta.

—¿Pero no era peligroso? —le echó en cara Verónica.

—Es solo un momento —respondió él.

Durante todo el tiempo que su primo permaneció dentro, Verónica no hizo más que especular sobre cuáles podrían ser los efectos causados por la radiación en una persona.

—Tiene unos cincuenta metros de diámetro —les informó él al llegar al final.

—¡Pues sal rápido de ahí! —le conminó Verónica, preocupada.

En vista de que el béisbol quedaba descartado, decidieron regresar a la casa, donde Pablo se dispuso a hacer una serie de experimentos para mostrarles el potente efecto de la propiedad magnética.

El alambre que gira

Materiales

- Una pila de 1,5 V
- Un imán redondo
- Hilo de cobre

Paso a paso

1. Doblar el hilo para darle forma de corazón. En la parte inferior, actuando como base, en vez de cerrar el corazón, formar un pequeño círculo abierto por los dos lados.

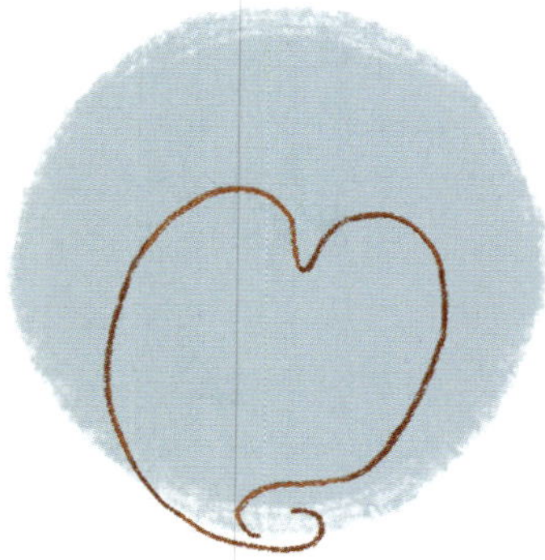

2. Colocar el imán en dicha base de manera que el círculo lo rodee y lo toque.

3. Poner la pila encima del imán. La parte superior de la pila tocará el alambre en la zona en la que este se inclina para hacer la forma de corazón.

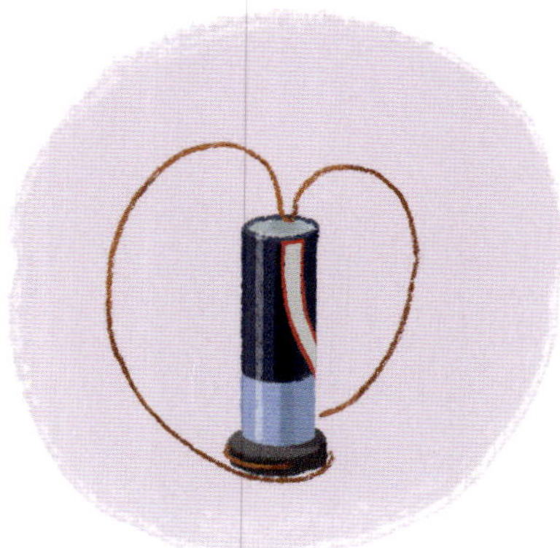

4. Empujar ligeramente el hilo con la mano. Este empezará a girar como si fuera un motor.

Así es imposible que avancemos ·15

Los cinco primos pasaron un buen rato contemplando el formidable poder magnético asociado a una pila.

No podían apartar los ojos de ese alambre girando enloquecido en torno a la pila.

Les parecía un truco de magia más que un experimento científico.

Y eso era solo a pequeña escala... ¿Qué no podría suceder dentro de aquella circunferencia de colosales proporciones y superficie imantada?

—Pablo, ¿estás convencido, entonces, de que el círculo ha sido la consecuencia de una tormenta geomagnética? —le preguntó Verónica.

Necesitaba tenerlo todo controlado, obtener certezas.

—No, yo solo he dicho que podría ser una causa.

—Vero, ya sabes que Pablo nunca se quiere pillar los dedos —le advirtió Javier.

—No se trata de pillarme o no los dedos, sino de que no se pueden descartar otras hipótesis —replicó él.

—Así es imposible que avancemos —protestó su hermano.

—¿Tú sabes la de siglos que tuvieron que pasar hasta confirmar que la Tierra era redonda y no plana? Y transcurrió un siglo desde que Einstein formuló la teoría de la relatividad hasta que fue considerada correcta con el descubrimiento de las ondas gravitacionales.

—¡Jopé! Esperemos que nosotros veamos antes el resultado de nuestras investigaciones —exclamó Natalia—. Ojalá la Pachamama nos enviara un mensaje bien clarito.

—Eso es imposible —intervino Diego—. Para empezar, tenemos lenguajes diferentes. ¿O crees que la naturaleza conoce nuestro alfabeto? Cualquier mensaje que enviara la Pachamama sería a través de señales que tendríamos que saber interpretar. Pero, bueno, veo que estás convencida de que es la naturaleza la que está detrás de todos los sucesos que hemos vivido. Sin embargo, si fuera así, ¿cómo explicarías la aparición de los corderos, o del cardenal, o el viaje atrás en el tiempo del interior del molino?

Natalia permaneció pensativa.

—Tengo la sensación de estar dando vueltas en un tiovivo —musitó.

Pero la voz de Julia llamándolos para cenar los sacó de sus cavilaciones. Los niños bajaron las escaleras con un nuevo indicio de algo que no eran capaces de concretar.

Les parecía hallarse ante un problema con excesivas incógnitas.

Había demasiados elementos que no parecían conectar entre sí, y eso los desconcertaba.

Sin embargo, sus cavilaciones no les quitaron en absoluto el apetito, y dieron buena cuenta de una crema de zanahorias y de dos bandejas de canelones. La fruta se la fueron comiendo de camino a la tienda de campaña mientras alcanzaban a oír las últimas palabras de Julia.

—¡Cualquier cosa, me llamáis...!

—Estoy seguro de que mi madre se va a morir de miedo esta noche —dijo Diego.

—Sí —asintió Verónica—, a ver si no aparece a las dos de la madrugada para dormir con nosotros en la tienda

—Al menos tiene a Jazz —comentó Pablo.

—Ladraría si entrara un intruso, pero de ahí a defenderte... —se pitorreó Diego.

Durante un rato, los cinco estuvieron haciendo bromas y riéndose recordando anécdotas, pero, en cuanto se hizo noche cerrada, la cosa cambió.

Mientras la bóveda del firmamento se iba poblando de estrellas, los niños sintieron una suerte de pánico astral ante aquella inmensidad nocturna.

Verónica fue a echarse junto a Terrumi en el establo y sintió que su cuerpo, que despedía cierto aroma a albaricoque, como el de Yerma, la protegía.

El calor que emanaba su pelo sedoso hizo que a los pocos minutos se quedara traspuesta, pero de súbito sintió que... ¡algo le rozaba la cara!

Y se despertó con un bote.

¿Tú qué crees?

¿Qué puede ser lo que ha rozado la cara de Verónica?

a) El dedo de un extraterrestre.

b) El rayo del dios Tátloc.

c) El hocico de Yerma.

d) Una paja del establo.

e) Un ratoncillo de campo.

f) La capa de un templario.

Luces en el cielo ·16

Al abrir los ojos, Verónica se dio cuenta de que lo que le había rozado la cara era el hocico de Yerma, pero se había llevado tal susto que el corazón le latía a mil por hora.

Terrumi se levantó y se marchó a comer hierba. Yerma fue tras ella.

—¡Jopé! ¿Para eso me he venido yo aquí? ¿Para que me dejéis sola?

Verónica sabía que los caballos duermen tanto de día como de noche, en pequeñas siestas, pero tenía la esperanza de que, al estar junto a la potrilla, esta se quedaría ahí toda la noche descansando. Pensaba que así se le curaría antes la herida.

En cuanto se quedó sola, Verónica empezó a oír ruidos la mar de inquietantes.

Algunos sonidos podía reconocerlos, como el ulular de un búho, un agitado aleteo que podía ser de cualquier ave o el canto de las cigarras y los grillos, pero otros le resultaban desconocidos y, por tanto, perturbadores.

Verónica no sabía qué hacer. A pesar de que la tienda de campaña estaba a pocos metros, solo de pensar en cruzar hasta ahí ella sola, se moría de miedo.

Fue el enervante sonido de la extraña nota continuada lo que le dio el empujón que necesitaba. Se le metió en la oreja de golpe y se le incrustó en el tímpano como una turbadora composición.

Podía escucharlo incluso con más nitidez e intensidad que el que había oído después de la tormenta.

¿Qué diablos era eso?

¿De dónde venía?

Verónica no se lo pensó dos veces y salió disparada hacia la tienda.

Pero, justo antes de meterse, vio unas extrañas luces que sobrevolaban el sembrado de Calixto, contiguo a esa parte de la finca.

Por un instante pensó si podrían ser los faros de su tractor, aunque en ese caso se hubiera oído el ruido continuo del motor, como ocurría durante la siega. Ya no debía de faltar mucho...

Además, las luces parecían botar en el aire. Eran tres... o cuatro...

Tras un momento de pánico, Verónica entró en la tienda y tropezó con Javier, que dormía junto a la puerta.

Este se incorporó malhumorado.

—¡Jobar, Verónica! ¡Me has despertado! ¡Vaya susto!

—Es que he oído otra vez el sonido ese tan raro que os he comentado y he visto unas luces muy extrañas encima del campo de Calixto.

—Serán estrellas —masculló Pablo con voz adormilada.

–Pablo, sé cómo son las estrellas –replicó ella–. Conté unas tres o cuatro luces que se movían, pero no con guiños, sino como si botaran en el aire.

–Habrán sido las lágrimas de san Lorenzo –dijo Diego, bostezando.

–¿Qué lágrimas? ¿Quién es Lorenzo? –se extrañó Natalia, que había oído toda la conversación medio en sueños.

–Las lágrimas de san Lorenzo, una lluvia de estrellas que se ve en verano –le aclaró Diego, cada vez más espabilado.

–No, eso es en agosto –le corrigió Pablo–, pero podría ser algún meteoro esporádico o alguna estrella fugaz.

–¿Y por qué las llaman así? –preguntó Natalia, todavía amodorrada.

–Porque aparecen siempre en su festividad y recuerdan a las lágrimas que derramó cuando lo quemaron en la parrilla –les informó Diego.

–¡Ay, calla, qué horror! –exclamó su prima.

–Pero si me lo has preguntado –se rio él.

–¡Dejaos de historias y vamos a ver las luces! –los apremió Verónica–. A ver si siguen ahí.

Los niños salieron con dificultad de la tienda, tropezando unos con otros por estar aún adormilados y porque no cabían bien dentro de ella.

Entre lo oscuro que está y que los niños están contemplando el cielo, no han visto que tienen compañía: seis animales. ¿Podrías encontrarlos?

Una noche toledana · 17

Verónica había asistido impotente a esa conversación sobre san Lorenzo que estaba robándoles unos minutos preciosos. ¿Y si, como había ocurrido otras veces, el fenómeno paranormal desaparecía sin dejar rastro?

Pero nada más salir descubrió, aliviada, que allí seguían, en el cielo.

Eran cinco. Una en medio y las otras cuatro en los extremos.

Ahora estaban todavía más bajas y separadas, por eso se podía apreciar claramente el número.

—No son estrellas —sentenció Pablo.

—¿Veis lo que os decía? —dijo Verónica, aliviada de no seguir cargando ella sola con el peso de tantas señales paranormales.

—¿Y qué son? —preguntó Natalia.

—Ovnis —respondió Javier.

Ante semejante posibilidad, los primos se juntaron aún más si cabe.

—¿Creéis que vienen a por nosotros? —preguntó Verónica, aterrada.

Pero, justo en ese instante, las luces desaparecieron con un parpadeo.

–Parece que no vienen a por nosotros –constató Diego–. Pero tenemos que investigar qué diablos eran.

–Podrían ser satélites –comentó Pablo.

–¿Satélites de qué planeta? –se extrañó Verónica.

–Satélites lanzados por una empresa estadounidense llamada SpaceX. Ha puesto ya unos doce mil en distintas órbitas.

–¿Y para qué? –preguntó Natalia.

–Para crear una red de internet desde el espacio –le respondió Pablo.

–No entiendo –insistió Natalia–. ¿Quieren conectar con los extraterrestres a través de internet?

Los cuatro primos rieron ante la ocurrencia.

–No –le aclaró Pablo–. Más bien lo que pretenden es que toda la Tierra pueda tener acceso a internet.

Esa explicación los tranquilizó bastante, y volvieron a meterse en la tienda.

Pablo buscó en el móvil noticias sobre avistamientos de satélites y les mostró las imágenes.

–Sí, podrían ser satélites –comentó Diego bostezando–. ¡Venga, vamos a dormirnos! Estoy que me caigo de sueño.

–Y yo –se sumó Natalia.

–Hace demasiado calor. Deberíamos abrir la cremallera de la tienda para que entre un poco de aire –sugirió Javier.

–¡Ni hablar! Nos arriesgamos a que entre cualquier bicho –se negó Diego.

—Yo prefiero que me pique un mosquito a este calor sofocante —replicó él.

—¿Y si fuera una araña venenosa, o un ratón, o un murciélago, o una culebra? —dijo Verónica.

—Aun así, lo preferiría —terqueó Javier.

—Diego, cuéntale a Javi cómo era la culebra que encontramos un día debajo de una piedra —lo animó su hermana.

—Uf, era gigantesca. No quiero ni acordarme, todavía me dan escalofríos. Así de gorda —juntó las manos formando un túnel de unos diez centímetros de diámetro—, y estaba enrollada en cuatro vueltas —hizo el gesto de formar círculos.

—¡Javier, ni se te ocurra abrir la cremallera! —lo amenazó Pablo, horrorizado.

Natalia, por su parte, pegó un brinco.

—¡Ay, Natalia! ¿Qué haces? —protestó Diego. Le había dado un buen codazo en el costado.

—Me ha parecido que me pasaba una serpiente por encima. A ver si ha entrado mientras salíamos a ver las luces.

Pablo enfocó la linterna por todos los rincones de la tienda.

—Aquí no hay ninguna serpiente —constató—. ¡Hale, a dormir todos!

Pero apenas había apagado la linterna cuando Javier se puso a gritar:

—¡Socorro, me está picando un ejército de hormigas carnívoras! Creo que estoy encima de un hormiguero.

—No había ningún hormiguero cuando montamos la tienda —le aseguró su hermano.

–Pues habrán emigrado por culpa de la tormenta, como dijo Zoilo –replicó él.

–Y justo eligieron venirse debajo de tus reales posaderas, ¿no? –se rio Pablo.

–Seguro que son las hojas de las encinas que crecen entre los chopos. Son duras y, si te sientas encima, te pinchan –lo tranquilizó Diego.

Por unas cosas o por otras, los niños apenas pegaron ojo.

Tuvieron calor y, luego, frío de madrugada.

Escucharon todo tipo de ruidos que no sabían lo que eran.

Vieron sombras amenazantes.

Terrumi se acercó a meter el hocico en la tienda y les dio un susto de muerte...

En fin, que la luz del alba les infundió una apacible calma. Desaparecieron las sombras y los sonidos se volvieron reconocibles: el canto del cuclillo, los trinos de distintos pájaros, el arrullo de las palomas...

Entonces fue cuando se quedaron profundamente dormidos, hasta que...

Los despertó un escandaloso ruido.

¿Tú qué crees?

¿Qué ruido ha podido despertarlos?

a) El tractor de Calixto segando las mieses.

b) El enervante sonido de la extraña nota metalizada.

c) El relincho de los caballos pidiéndoles comida.

d) Una manada de jabalíes hozando en el sembrado de Calixto.

e) Un escandaloso aleteo junto con el piar estridente de pájaros y graznidos de patos.

f) El aterrizaje de una nave espacial en el lugar donde encontraron el círculo.

De sorpresa en sorpresa •18

A pesar de lo profundamente dormidos que estaban los niños, el alboroto de los pájaros era tan ruidoso y estridente que los acabó despertando.

—¿Qué narices es eso? —preguntó Javier.

—Pájaros —respondió Diego.

—Ya sé que son pájaros, pero... no es normal la bulla que están armando.

—Parecen los de la película de Hitchcock —comentó Verónica.

—Vamos a ver qué pasa —decidió Pablo, abriendo la cremallera de la tienda con determinación.

Nada más salir, los cinco se quedaron sobrecogidos.

Cientos de mirlos, vencejos, rendajos y ruiseñores enloquecidos sobrevolaban en círculos el sembrado de Calixto, piando con un ruido ensordecedor.

Los primos los contemplaron atónitos y con el temor de que, de pronto, proyectaran esa furia contra ellos emprendiéndola a picotazos.

Sin embargo, curiosamente, fue una formación de patos que se dirigían en una perfecta uve hacia ahí la que los puso en fuga.

Durante un instante hubo un terrible revuelo y un aleteo de plumas en el aire. Algunas incluso cayeron sobre el sembrado.

Fue entonces, al observar su caída, cuando los niños se dieron cuenta de que parte de las mieses del campo se encontraban aplastadas contra el suelo.

—¡Hala, mirad cómo están las espigas! —exclamó Verónica—. Verás cómo se va a poner Calixto cuando las vea.

—¿Creéis que han sido los pájaros? —preguntó Natalia.

Pero los estrepitosos graznidos de los patos distrajeron su atención.

Entonces elevaron de nuevo los ojos al cielo y comprobaron sorprendidos que la perfecta formación en uve se había deshecho por completo y, ahora, la bandada de patos sobrevolaba el sembrado en círculos concéntricos.

Hasta que se acercaron seis águilas majestuosas y los patos se alejaron en desorden, emitiendo angustiosos graznidos.

Durante todo el tiempo que esa media docena de aves regias planearon sobre el sembrado, los primos no pudieron apartar sus ojos de ellas.

Resultaba un espectáculo soberbio.

Una coreografía espléndida.

Pablo estudiaba su solemne vuelo con verdadera envidia. De pequeño había querido inventar unas alas enormes con las que poder volar tirándose por una cuesta que había en el jardín de su abuela, pero, por más empeño que le había puesto, no lo había logrado.

Las águilas planearon un buen rato en círculo y luego fueron ascendiendo lentamente hasta desaparecer en el cielo.

–Vamos a subirnos al tejado del establo para calibrar mejor el daño causado en el sembrado –propuso Pablo.

–Sí, y luego avisamos a Calixto, no vaya a pensar que hemos sido nosotros –añadió Verónica, preocupada.

Los niños sacaron la escalera extensible que estaba dentro del establo y la apoyaron en la pared que daba al campo de su amigo.

Era una escala enorme. Podía llegar a medir doce metros. Pero no les hizo falta extenderla tanto, porque el tejado tenía una altura de cinco metros.

El primero en subir fue Javi.

Seguro que, con tu experiencia de detective, podrás fijarte en todos los detalles. ¿Qué figuras geométricas ves dibujadas en el sembrado?

—¡Hala, qué pasote, chaval! —exclamó.

El segundo en llegar fue Diego.

—¡Ostras! ¡Es un agroglifo! —gritó exaltado. Casi se le sale el corazón del pecho.

—¿Un qué? —preguntó Natalia, que en ese momento estaba en el último travesaño de la escalera.

—Los agroglifos son círculos con patrones geométricos que aparecen en las cosechas de la noche a la mañana, sin que nadie haya logrado descubrir aún quién los ha hecho. También los llaman círculos de las cosechas. En el sur de Inglaterra ha habido un montón, siempre cerca de enterramientos primitivos megalíticos, como Stonehenge, o de lugares sagrados. Muchos tienen símbolos primitivos.

—Le preguntaré a Marcos si ha visto alguno —dijo Verónica, muy impactada por el singular dibujo que se había formado en el sembrado de Calixto.

Los cinco habían llegado ya al tejado y contemplaban el espectáculo de pie, sin dar crédito a que semejante fenómeno hubiera ocurrido mientras ellos estaban a unos cuantos metros de ahí y no se hubieran enterado de quién ni cómo los había hecho.

El número áureo · 19

Natalia fue la primera en romper el silencio.

—Yo creo que esto sí es un mensaje de la Pachamama.

—Hay gente que interpreta así los círculos de las cosechas, como una queja de la madre Tierra —asintió Diego—. Cada año suelen aparecer de ciento cincuenta a trescientos patrones diferentes. Se han documentado hasta diez mil diseños: la rueda del sol, el sistema solar, un escorpión gigante, una tela de araña, una estrella de catorce puntas, una libélula... ¡Hasta una galaxia!

—¡Es alucinante! No tenía ni idea —reconoció Pablo con humildad.

—Pues yo creo que las luces que vimos la pasada noche y el sonido que escuché tuvieron que ver con esto y con el círculo del campo de béisbol —afirmó Verónica—. No puede ser casualidad. Esto parece obra de alienígenas.

—Sí, esa es otra de las teorías: que son civilizaciones extraterrestres que nos están advirtiendo de algo. Incluso en 1974 la NASA envió un mensaje en código binario para buscar vida en otra galaxia y...

–¿Qué es un código binario? –lo interrumpió Natalia.

–El lenguaje que se utiliza en informática, el de los ordenadores –le informó Pablo y, dirigiéndose a su primo, le pidió–: Sigue, Diego.

–Los ingenieros que enviaron el mensaje pensaban que tardaría en llegar a esa galaxia unos veinticinco mil años... y otros tantos en volver. Sin embargo, en 2001 apareció un agroglifo con la respuesta. Estaba en un campo al lado del telescopio de Chilbolton, desde donde habían enviado el mensaje la primera vez.

–¡Ostras! ¿Y qué decía? –quiso saber Javier.

–Ahora os lo enseño en el móvil. Era un mensaje paralelo, con el mismo patrón que el de la NASA, pero con algunas variantes, como los componentes químicos de sus habitantes, el ADN o el aspecto físico.

–Estoy deseando verlo –musitó Pablo–. Esto lo cambiaría todo.

–¿Quieres decir que todo lo que está ocurriendo aquí sería obra de los alienígenas? –interpretó Verónica.

–Bueno, tendría muchas papeletas.

–Pero entonces, lo de los templarios... –le recordó Diego.

–No es algo incompatible –dijo Pablo.

–Pues yo creo que también la naturaleza tiene mucho que ver aquí –insistió Natalia.

–Y ahora Pablo dirá que no es incompatible –le picó Javier.

–Por supuesto –respondió él sin sentirse agraviado–. Nada tiene sentido por separado. En el universo todo está interconectado. Mirad lo perfectas que son las formas geométricas del agroglifo. Parecen hechas con compás, escuadra y cartabón... Y es curioso que hayan dibujado la estrella de cinco puntas...

–¿Qué pasa con ella? –se interesó Verónica.

–El pentágono era el símbolo de los seguidores de Pitágoras: en él se encontraba el número áureo.

–¿El qué? –interrumpió Natalia.

–El número de oro.

–¡Es verdad! –exclamó Diego–. No había caído.

–¿Qué es el número de oro? –preguntó Javier, pensando ya que se iban a hacer millonarios.

–Es el resultado de dividir la diagonal de un pentágono regular entre el lado de dicho pentágono. Para Pitágoras, ese resultado era la expresión máxima de la armonía del universo –le explicó Pablo.

–¿Para qué habré preguntado? –comentó Javier, decepcionado.

–El Partenón griego es un ejemplo de rectángulo áureo. Y también el número de oro está presente en la gran pirámide de Keops, y en las tarjetas de crédito, y en el DNI...

–¡Qué interesante! No tenía ni idea –se asombró Diego.

–Leonardo da Vinci hizo un dibujo de las proporciones armoniosas del cuerpo –prosiguió Pablo–, y luego se ha descubierto que el cociente entre la altura del hombro y la distancia del ombligo hasta la punta de la mano es el número áureo. Pero también la proporción áurea se encuentra en la naturaleza: en el crecimiento de las plantas, en las piñas, en la distribución de las hojas de un tallo, en la formación de caracolas...

–¡Ostrís! ¡Qué guay! –se entusiasmó Natalia.

–Vamos a bajar y os lo enseño –se animó Pablo.

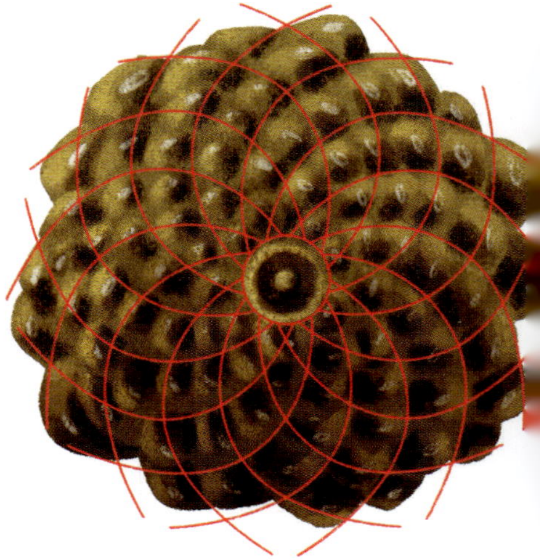

Una vez en el suelo, los cinco se arremolinaron en torno al móvil de Verónica y contemplaron absortos algunos de los elementos que Pablo había mencionado: el dibujo de Leonardo, el Partenón, la piña y la caracola, además de la representación del número áureo con una letra griega: la *phi*.

¿Qué crees que tienen en común estos dibujos respecto a lo que Pablo quiere demostrar?

a) Su permanencia en el tiempo.
b) Su valor artístico.
c) Su relación matemática.
d) Su belleza.
e) Los detalles.

El mensaje alienígena · 20

—No termino de entenderlo —murmuró Verónica.

—Ja, yo ni termino ni empiezo —se rio Javier—. Pablo, a veces es como si hablaras en chino.

—Pero ¿qué tiene que ver todo esto con la fuerza de la naturaleza? —siguió Natalia en sus trece.

—Vamos, que tú tampoco te has enterado —se burló Javier, que en el fondo se sentía mejor al ver que ninguno llegaba a comprender bien lo que su primo el científico trataba de explicarles.

Pablo sacó el cuaderno de investigación y dibujó un pentágono.

Cuaderno de investigación

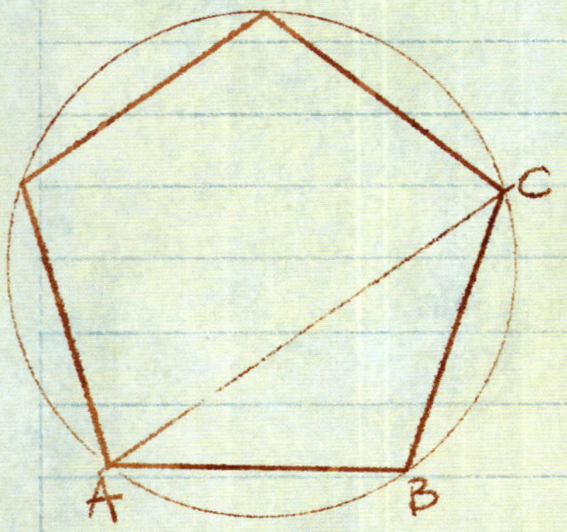

$$\frac{AC}{AB} = \varphi \text{ (Phi)}$$

–¿Y esto qué prueba? –preguntó Javier, decepcionado todavía porque el número de oro no fuese un tesoro oculto en alguna parte.

–Pues que todo en el cosmos está relacionado matemáticamente. Pitágoras decía que la estructura del universo era aritmética y geométrica –respondió Pablo.

–Ya, pero ¿qué tiene todo eso que ver con la forma en que se han puesto los pájaros? –se preguntó Natalia, que seguía sin entender adónde quería llegar su primo.

–Porque sienten un tipo de energía desconocida para ellos que los altera mucho –respondió Diego–.

Científicos que han hecho estudios sobre los agroglifos dicen que sus radiaciones son como las emitidas por un microondas. Incluso algunos pájaros han explotado dentro de los agroglifos y sus huesos se han pulverizado.

—¡Jopé, qué miedo! —exclamó Natalia—. A ver si nos van a llegar aquí esas radiaciones.

—No, tranquila, no nos va a pasar nada. Lo que queda en los campos donde ha habido agroglifos son depósitos de óxido de magnesio y magnetita —le informó Diego—. Tienen una carga magnética que puede producir ultrasonidos y sensaciones extrañas, pero nada más.

—Yo doy fe de los ultrasonidos —corroboró Verónica—. Como esa nota insoportable. Pero ¿a qué tipo de sensaciones te refieres?

—Pues algunos de los que se han metido en los agroglifos dicen que han sentido una conexión espiritual con la tierra; otros, una gran felicidad, una energía muy potente... Incluso algunos no son capaces de entrar, como si hubiese una barrera que se lo impidiera. Depende de la sensibilidad de cada uno.

—¡Qué guay! ¡Vamos a meternos a ver qué sentimos! —se emocionó Javier.

—Antes me gustaría ver el mensaje que envió la NASA y que fue replicado por los alienígenas —dijo Pablo.

Diego les mostró en el móvil los dos mensajes: el de los científicos de la Tierra y la réplica que enviaron los alienígenas en un agroglifo próximo al telescopio de Chilbolton.

¿Puedes apreciar las diferencias que hay entre ellos?

—¿Y qué narices quiere decir este galimatías? —preguntó Javier, con gesto de extrañeza, señalando el mensaje de los humanos.

—En primer lugar, está nuestro sistema decimal —explicó Diego—; luego, los elementos que forman el cuerpo humano: carbono, oxígeno, calcio y no sé

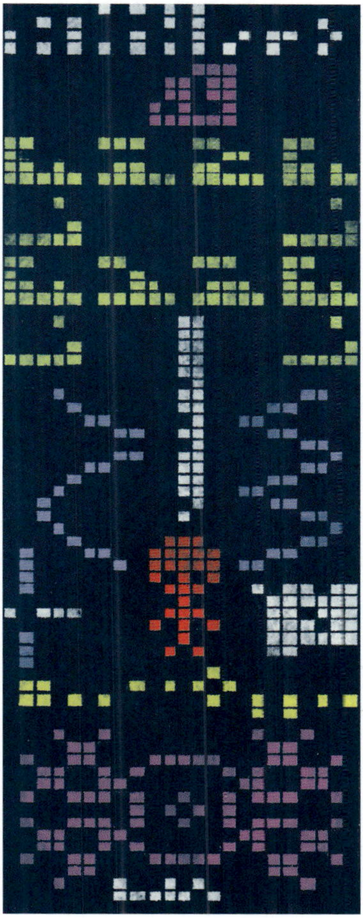

cuántas cosas más; a continuación, la cadena de ADN. Eso seguro que Pablo sabe explicarlo mejor que yo. Y esto –señaló la figura humana–, como podéis ver, es la apariencia del ser humano y su altura. Más abajo están la población de la Tierra y la representación del sistema solar.

—¡Ostras! ¡Qué interesante! Ya veo que en su respuesta está también la apariencia de ellos, y son más bajos —comentó Pablo.

—Sí: según estos datos, miden 1,26 metros —respondió Diego—. En cambio, tienen el cráneo y los ojos más grandes.

—Y su cabeza es ahuevada —observó Javier.

—¿Y a qué corresponden las otras diferencias que hay en la imagen? —inquirió Pablo.

—Su cadena de ADN es triple y no doble, como la nuestra. Además, en los componentes de su cuerpo añadieron silicio. Y su población es de veinticinco mil millones.

—¡Guau, son muchísimos! —exclamó Verónica, impresionada.

—Es que ellos tienen dos planetas y tres lunas —respondió Diego.

—¡Venga, vamos a entrar en el agroglifo! —los espabiló Javier, que tenía ganas de acción.

—Antes deberíamos comprobar en internet si una gran carga electromagnética puede ser perjudicial para la salud —propuso Verónica, siempre guiada por la prudencia.

Dentro del agroglifo · 21

Pablo buscó en internet si los campos electromagnéticos resultaban o no peligrosos para la salud.

—Creo que podemos entrar —decidió—. Dice aquí que los campos magnéticos estáticos no son peligrosos. Ha habido mucha gente que ha entrado en los agroglifos para experimentar sensaciones y hacer estudios sin que su salud se haya resentido por ello.

Al oír eso, a los niños les faltó tiempo para colarse por la alambrada reptando por una parte en la que había un pequeño agujero en el suelo.

Javier corrió para ser el primero en entrar en el agroglifo. Le gustaba ese tipo de retos.

Pero, nada más poner un pie en las espigas aplastadas, se puso a temblar como si le estuviera dando un calambre.

—¡Aaaaay! No... no... no puedo...

Verónica fue hacia él, atemorizada.

—¿Qué te pasa, Javi? ¡Sal inmediatamente de ahí! A ver si hay otro tipo de radiaciones y te ocurre lo mismo que a los pájaros.

Pero justo cuando iba a entrar en el círculo, su primo salió proyectado hacia atrás, rodó por el suelo y se quedó totalmente inmóvil, como si estuviera muerto.

Verónica lo meneó muy asustada.

—Javi, Javi, ¿estás bien?

Los otros tres también estaban ya de rodillas junto a él, tratando de reanimarlo.

—A ver el pulso —dijo Pablo agarrándole la muñeca.

Verónica estaba ya con el dedo en el botón del móvil para llamar a su madre.

Entonces, Javier se levantó con cara de pillo.

—Os lo habéis tragado con patatas. Creo que debería dedicarme a la interpretación.

—¡Te voy a matar, Javi! —lo amenazó Verónica con el móvil en la mano—. ¡Menudo susto nos has dado! Creí que se me paraba el corazón.

—¡Venga, vamos, que no he notado nada! Ha sido una bromilla.

—Esperad un momento —los detuvo Pablo.

Y a continuación le pidió el móvil a su prima para comprobar el índice de magnetismo.

—¡Ahí va! ¡Qué curioso! El teléfono no funciona aquí dentro —constató.

—¡Jo, Pablo! ¡A ver si me lo has estropeado!

—No, seguro que fuera vuelve a funcionar, ya lo verás.

Verónica lo cogió y se alejó con él del agroglifo.

—¡Sí, aquí sí funciona! —exclamó aliviada.

—¿Lo ves?

—Sí, yo había leído que pasaba eso con distintos aparatos, pero ya no me acordaba —dijo Diego—. También afecta a las segadoras, que dejan de funcionar.

—Uf, pues ya verás qué contento se va a poner Calixto cuando vea que no puede cosechar —comentó Verónica.

Una vez en el interior del agroglifo, Pablo se concentró en estudiar a fondo el modo en que estaban las espigas, como entrelazadas cuidadosamente.

—Yo creo que esto no ha podido hacerlo ningún ser humano —declaró.

—¿Por qué lo dices? —preguntó Verónica.

—Porque, si lo hubiera hecho una persona o un vehículo, las espigas estarían aplastadas y tronchadas. Sin embargo, están trenzadas.

Dicho esto, su primo introdujo unos cuantos puñados de tierra en una de las cremalleras exteriores de su mochila y guardó dentro un par de espigas.

—¿Para qué coges tierra? —le preguntó su prima con curiosidad.

—Para analizar sus componentes —respondió él.

Verónica echó un vistazo en derredor y se dio cuenta de que ya no estaban a la vista ni Diego ni Javi. Solo localizó a Natalia, que se encontraba unos metros más adelante sentada a lo indio, con los ojos cerrados y tocando unas espigas con las manos extendidas. Parecía en trance.

Ella se sonrió al verla en perfecta comunión con la naturaleza. Seguramente esperaba poder descifrar ese mensaje que, estaba segura, les quería dar la Pachamama y con el que serían capaces de resolver todos los misterios que sobrevolaban la zona y que no eran capaces de encajar.

Verónica se adentró en el agroglifo para buscar a Diego y a Javier. ¡A saber qué estaban haciendo! No se fiaba un pelo de ellos.

Pero, apenas había dado unos pasos, escuchó una música sinfónica que le trajo a la cabeza la imagen de las cuchillas de unos patines deslizándose por el hielo a velocidades supersónicas y trazando en él pentágonos.

Concentrada en aquellos sonidos y en las imágenes que surgían en su cabeza, se percató de que las notas se sucedían sin intervalos y resbalaban por los lados de los pentágonos, que parecían tensarse hasta límites insoportables. Entonces, sin saber cómo, tuvo la certeza de que aquella era la sinfonía del universo que se propagaba a través de las ondas sonoras y sintió un vértigo atroz.

No tuvo conciencia de cuánto tiempo había estado ante aquel abismo. Solo cuando oyó a lo lejos la voz de su madre, que los estaba llamando, volvió de golpe a la realidad del sembrado y se puso de nuevo en marcha para tratar de encontrar a Javier y Diego.

Se lo impidieron un cosquilleo en la pierna y algo que se le enroscaba en el tobillo.

—¡¡¡Aaaayyyy!!! —chilló, pensando que sería una culebra.

Pero enseguida descubrió al autor de la fechoría, que no era otro que su primo.

—¡Javi, eres tonto! ¡No ha tenido ninguna gracia! Estoy con taquicardia.

—Ja, ja, ja, ja... Es que esto mismo me ha pasado a mí hace un rato, y se me han puesto los pelos de punta.

—No sé si creerte...

—Te lo estoy diciendo en serio.

—Bueno... ¿Dónde está Diego?

—No sé, lo estaba buscando...

—Tenemos que encontrarlo rápido: nos está llamando mi madre. Yo voy hacia el centro del agroglifo y tú hacia ese lado. El primero que lo encuentre, que grite y salimos de aquí a toda pastilla.

Verónica encontró a Diego acostado en el mismísimo epicentro del agroglifo.

Estaba con los ojos cerrados, totalmente inmóvil.

De primeras pensó que, al igual que Javi, le estaba queriendo gastar una broma; pero, al zarandearlo, se dio cuenta de que le había ocurrido algo.

Diego abrió los ojos como si saliera de un sueño muy profundo y no supiera dónde se encontraba.

Incluso parecía extrañado de ver allí a su hermana.

—¡Venga, que mamá nos está llamando!

Con los ojos abiertos como platos, se puso en pie impelido por Verónica, sin decir palabra, y se dejó arrastrar por ella.

—¿Qué te ha pasado? ¿Te has quedado dormido?

—Estaba en Egipto...

—O sea, que soñando y todo —corroboró ella.

—No, no me has entendido. No estaba dormido. Cuando llegué aquí, noté que una fuerza descomunal me arrastraba fuera de mi cuerpo. Fue una sensación extrañísima. Y de pronto... estaba en Egipto. Pero en el Egipto antiguo, el de la época de los faraones. Vi cómo construían una pirámide...

—Eso es que te has quedado dormido sin darte cuenta. Y no es raro, con la nochecita que hemos pasado...

Diego agarró a su hermana del brazo y la detuvo.

—Vero, te digo que no.

—Ay, espera —lo interrumpió ella y, a continuación, se puso a gritar—: ¡Javi, ya lo he encontrado! ¡Vámonos a casa!

Y comenzó a correr hacia la finca como si tuviera alas en los pies.

¿Tú qué crees?

¿Qué piensas que va a ocurrir?

a) El agroglifo es un laberinto y los primos no son capaces de encontrar la salida.

b) Nada más salir, los niños se topan con Julia, muy agobiada porque llevaba un buen rato buscándolos.

c) Se encuentran con Calixto, que los acusa de haberle destrozado el sembrado.

d) Natalia ha desaparecido.

e) Los niños ven, espantados, cómo de una nave espacial surge una especie de tornado y succiona a Pablo.

El dron de Pablo · 22

Cuando los niños salieron del agroglifo vieron a Julia, que los contemplaba desde el otro lado de la valla con cara de preocupación.

—¡Vaya susto me habéis dado! He visto que no estabais en la tienda y os he estado buscando por toda la finca. ¿Cómo se os ha ocurrido ir al sembrado de Calixto? ¿No habréis hecho vosotros semejante desastre? —preguntó señalando las mieses aplastadas.

—Claro que no hemos sido nosotros: es un agroglifo —le informó Diego.

—¿Un qué?

Diego se dispuso a explicarle todo lo que ya les había contado a los otros mientras se colaban de nuevo por debajo de la alambrada.

Una vez dentro de la finca, condujo a su madre hacia la escalera para que subiera al tejado del establo y viera con sus propios ojos en qué consistían los agroglifos.

—¡Madre mía! ¿Pero quién ha podido hacer esto? —se asombró ella—. ¿Y cómo decís que se llama?

—¡Agroglifos!

—¡O círculos de las cosechas!

—En Inglaterra hay muchos...

Los niños se quitaban la palabra unos a otros, llenándole la cabeza de información.

—Esperad aquí un momento —dijo Pablo—, que voy a buscar mi dron para fotografiarlo a vista de pájaro. Así es como lo vamos a ver mejor.

—¿Te has traído tu dron? —le preguntó Diego, entusiasmado—. ¿Cómo no nos lo habías dicho?

Era un dron que había pedido a los Reyes y hacía fotos. En Navidad había sido todo un acontecimiento. Los cinco primos no habían parado de jugar con él en el jardín de su abuela en La Coruña. Pero, con tantos hechos paranormales como les habían sucedido la víspera, se había olvidado por completo de él.

—Sí, ahora lo traigo.

Pablo voló hacia la casa, mientras Julia contemplaba embobada el agroglifo. No salía de su asombro, no solo por la perfección geométrica del dibujo, sino también por la cantidad de datos que le iba proporcionando Diego sobre el tema.

—Todo esto me va a dar para escribir una novela —comentó, entusiasmada y sobrecogida a la vez.

—Tenemos que llamar a Luis, el periodista —sugirió Javier—. Seguro que le va a interesar sacar la noticia en su periódico.

—¡Y tanto! Va a alucinar —asintió Verónica, dispuesta ya a marcar su número.

—¿No deberíamos advertir antes a Calixto? —dijo Julia.

Los niños se miraron intranquilos.

–Espero que no nos acuse a nosotros de haber hecho esto –dijo Diego.

–Pero ¿cómo ibais a hacerlo vosotros? ¿Con qué medios? –replicó su madre–. Es increíble la perfección con que están trazados todos los contornos. Me pregunto cómo y quién lo habrá hecho... Y por qué... ¿Seguro que no estaba cuando vinisteis después de cenar?

–Que no, mamá –dijo Verónica–. Ayer estaba intacto el sembrado. Han tenido que hacerlo durante la noche.

–¿Y no habéis oído ningún ruido sospechoso? –insistió ella, convencida de que era la obra de algún artista loco, de esos que quieren llamar la atención para hacerse conocidos, o de alguna organización ecologista para alertar sobre el maltrato a la naturaleza.

Pero ya Pablo estaba de vuelta con su dron.

Durante un rato lo hizo volar por encima del agroglifo, fotografiándolo desde distintas perspectivas, y luego lo recuperó.

¿Qué elemento, que aparece recurrentemente en las aventuras de los primos, están a punto de descubrir?

Nada más visionar las fotos, los primos se cruzaron una mirada cómplice, pero obviaron hacer ningún comentario delante de Julia.

Todos se habían percatado de que, justo en medio de la estrella, estaba la famosa marca de la lágrima que llevaban viendo desde hacía tiempo en múltiples lugares: desde personas que la tenían tatuada en alguna parte de su cuerpo, hasta en algunos edificios de la Plaza Mayor, en piedras, en las mariposas que los habían guiado hasta la ermita...

—Desde luego, es algo impresionante. Quien lo haya hecho es un artista —comentó Julia, muy impactada.

Entonces Verónica vio a Terrumi, que iba hacia ellos.

—¡Ay, pobrecita Terrumi! Ni me he vuelto a acordar de ti, con todo lo que ha pasado.

Y se precipitó a bajar por la escalera para abrazar a la potrilla, que estaba estupendamente y le reclamaba alguna golosina.

—Parece que está muy bien. Quiere comida —constató en voz alta, muy contenta.

—¡Toma, y yo! —se sumó Javier—. Me rugen las tripas del hambre.

—Si es que es tardísimo y aún no habéis desayunado —comentó Julia—. ¡Anda, vamos!

Todos se dirigieron hacia la casa, con los caballos pisándoles los talones.

Magnetita ·23

Los niños devoraban sin apenas masticarlo el bizcocho de plátano que Julia había hecho la víspera.

—¡Mmmm, está de muerte, mamá! ¡Te has superado! —la felicitó Diego: la bollería y el pan eran su perdición.

—¡Eh, dejadme algo! —protestó Verónica, que había ido a darle unas zanahorias y un puñado de sal a Terrumi, al ver la velocidad a la que se lo estaban ventilando.

—Sí que teníais hambre —comentó Julia—. ¿Queréis también unas tostadas con tomate y jamón?

—Sí... sí —farfulló Javier con toda la boca llena.

Mientras los niños desayunaban, Julia marcó el número de Calixto, pero su móvil estaba fuera de cobertura. Así que llamó al fijo de su casa.

—Hola, Mª José, buenos días. Quería hablar con Calixto...

...

—Ah... Vale... Es que verás... Ha ocurrido algo en vuestro sembrado, lo han descubierto los niños esta mañana...

Julia comenzó a explicarle lo que había sucedido de la mejor manera posible y tratando de quitarle hierro. Pero, según se lo contaba, ella misma se daba cuenta de lo raro que sonaba todo, como una película de ciencia ficción.

– ...

–Lo mejor es que vengas tú también a verlo; de verdad que es algo muy extraño. Según me ha informado Diego, que está muy enterado, es un fenómeno que se da mucho en el sur de Inglaterra. Pero en España es el primer caso.

– ...

–Vale, salgo de inmediato al camino principal para advertir a Calixto de lo que ha ocurrido y enseñarle las fotos que ha hecho mi sobrino con un dron. Te esperamos en el sembrado.

Con el móvil en la mano, Julia salió disparada seguida de Jazz, que ladraba muy agitado al darse cuenta de que pasaba algo, no sin antes advertir a los niños:

–En cuanto acabéis de desayunar, os vestís y os reunís con nosotros en el campo de Calixto.

–¡Eh, tía Julia! Toma la cámara del dron –Pablo la alcanzó ya en la puerta.

–Ay, sí, gracias... Estoy tan nerviosa...

En cuanto desapareció, Verónica comentó preocupada:

–Espero que Calixto no crea que hayamos sido nosotros.

–En cuanto vea cómo están las espigas, sabrá que esto no es obra de ningún ser humano –dijo Pablo.

Y sacando el cuaderno de investigación de la mochila, se puso a escribir distintas posibilidades sobre el origen del agroglifo.

—¿Qué son las líneas Hartmann? —preguntó Natalia al ver que las ponía como primera opción.

—Son líneas de fuerza que se corresponden con puntos donde la energía es más intensa —respondió él.

—¡Jopé! ¡Y tan intensa! —exclamó Diego, todavía muy impactado por lo que había vivido—. Para haberme arrastrado hasta el antiguo Egipto... ¡Fue flipante!

—¡Ostras! ¿En serio? —se interesó Pablo.

—Lo encontré tumbado y con los ojos cerrados justo en el centro del agroglifo, encima de la marca de la lágrima, y pensé que se había quedado dormido —les informó Verónica.

—Os juro que no estaba dormido. Fue algo alucinante. Noté una fuerza bestial que me arrastraba fuera del cuerpo y, de pronto, me vi en Egipto contemplando cómo construían una pirámide.

—Podría ser justo el punto donde se cruzan las líneas Hartmann y en el que se originan dos tipos de energía: la telúrica, que viene del núcleo de la Tierra, y la cósmica, que procede del fondo del cosmos y se refleja sobre la corteza terrestre —les informó Pablo—. Cuando volvamos, cogeré tierra justo de ahí para analizar la cantidad de magnetita que tiene. Pensé que sería la misma en todo el agroglifo, pero ya veo que no.

—Pues a mí se me puso la carne de gallina y se me aceleraron los latidos del corazón —comentó Javier.

—Y yo escuché una sinfonía sin intervalos de notas. Y de pronto, en mi cabeza vi unos patines que dibujaban pentágonos en el hielo a una velocidad tremenda. Fue algo muy raro.

—También yo noté una conexión muy profunda con la tierra, como si dentro de mí crecieran brotes y tallos —masculló Natalia.

—Y tú, Pablo, ¿no sentiste nada? —le preguntó Verónica.

Cuaderno de investigación

POSIBLES ORÍGENES DEL AGROGLIFO

1. Las líneas Hartmann

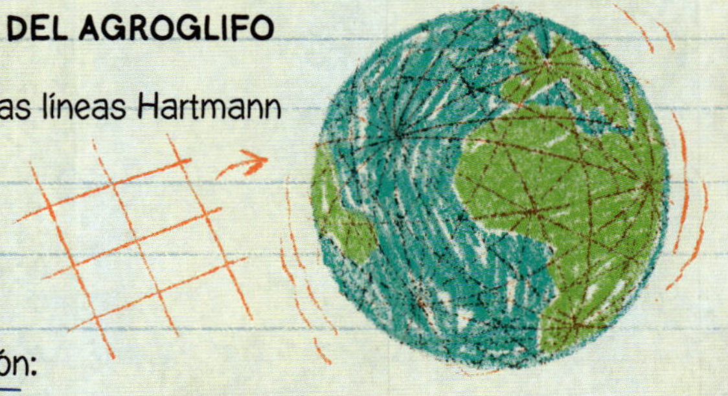

Causas de su activación:

A) Fenómeno atmosférico (tormenta, tornado, erupción solar...)

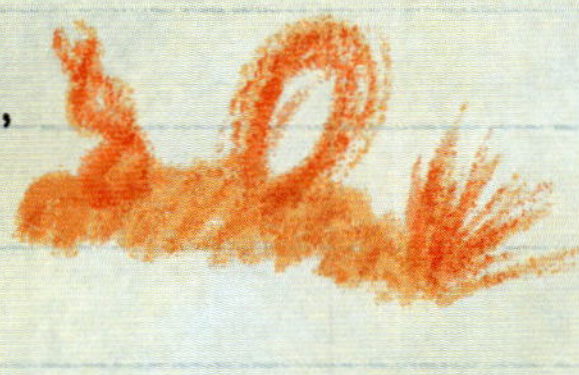

B) Movimientos tectónicos de la Tierra

C) Ondas gravitacionales producidas por:

a) Los satélites

b) Un meteorito

c) La inquietante acción a distancia

—Pues... creo que no... Estaba ocupado en observar los tallos de las espigas y en recoger tierra para analizarla...

—Vamos, que estabas en tu mundo —resumió su prima.

—Como siempre —comentó su hermano.

Pero él continuó tomando apuntes en el cuaderno de investigación extremadamente concentrado.

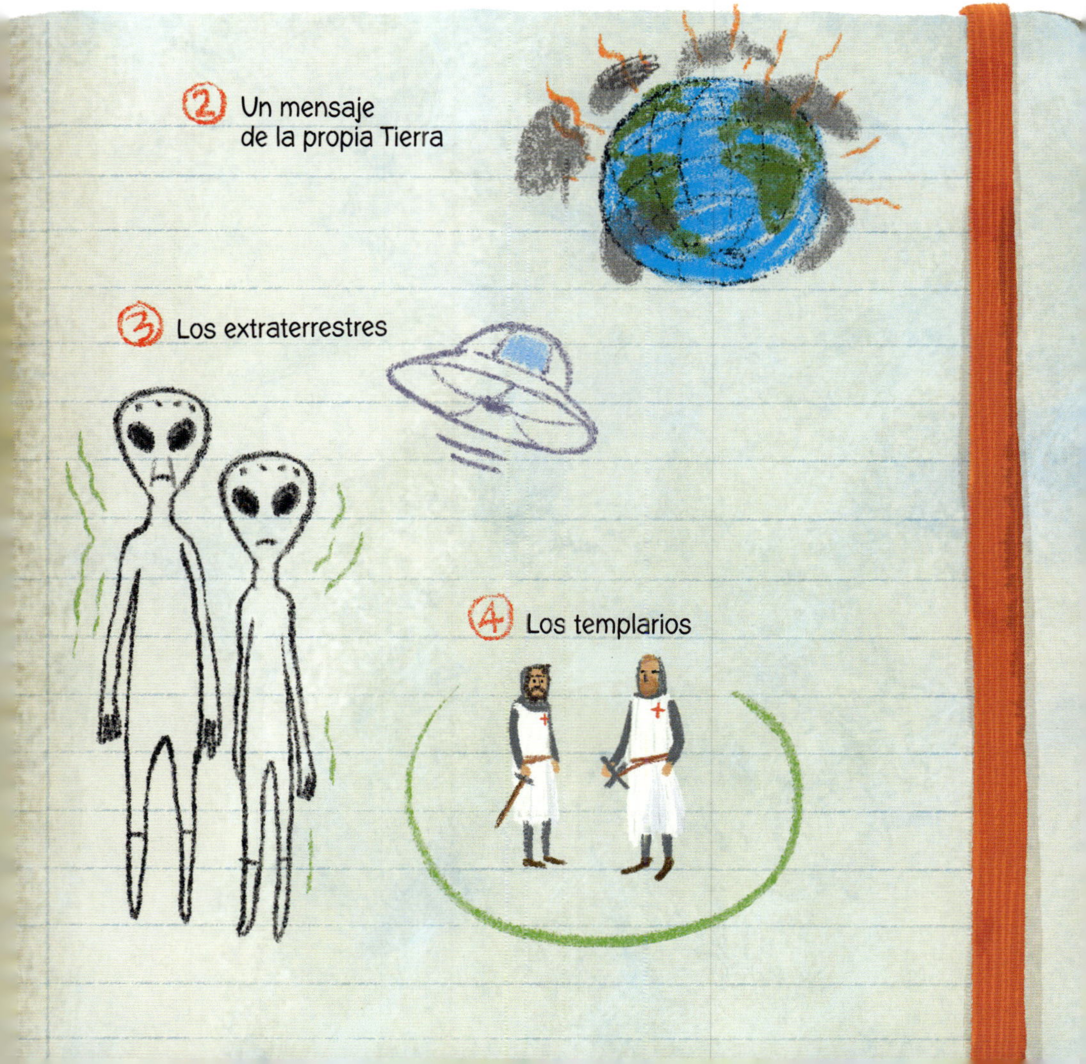

Obra de duendes ·24

Cuando los niños regresaron al agroglifo, ya estaban allí Calixto y Mª José con Julia, contemplando asombrados las fotos que habían hecho con el dron.

–Esto parece obra de duendes –comentó la mujer de Calixto, perpleja.

–¿Duendes? –vociferó Calixto–. Esto lo han hecho unos bribones, alguien que ha querido hacerme daño.

–A mí me parece imposible que cualquier persona haya podido llevar a cabo todo esto de noche, a oscuras y sin ruido –dijo Julia.

–Aquí han podido hacer todo el ruido que quisieran, que nadie lo iba a oír. Vuestra casa queda a un kilómetro de aquí, más o menos, y con las ventanas cerradas y durmiendo no se escucha nada –replicó él.

–Pero es que los niños han dormido hoy en una tienda de campaña que montaron al lado del establo para cuidar a Terrumi, la potrilla grande, que se hizo una buena raja en la tripa y hubo que coserla –le informó Julia–. Habrían oído algo si hubiesen sido unos gamberros o alguien con malas intenciones. Dicen que apenas han pegado ojo.

Los cinco primos se quedaron rígidos, convencidos de que los acusarían a ellos de haberlo hecho.

—Pues yo sigo diciendo que esto es algo sobrenatural —insistió Mª José—. Espero que no sea cosa del demonio.

—Pero ¿qué dices? Eso son supercherías —saltó Calixto.

—En el siglo XVIII era lo que pensaban: que eran demonios que echaban a perder las cosechas de este modo —les informó Diego con la vista fija en la marca de la lágrima que tenía Calixto en la sien derecha, preguntándose si lo del agroglifo tendría algo que ver con ella—. Incluso aparece reflejado en algunos dibujos. Existe una leyenda llamada *El diablo segador*. En ella se cuenta que un campesino acudió a un jornalero para que le segara su campo de avena. Pero, como el precio que le dio le pareció excesivo, el campesino exclamó: «Antes de que tú toques mi campo, el mismo diablo segará mis mieses». Y esa misma noche, una llama que bajó del cielo se extendió por encima del sembrado y al día siguiente apareció el agroglifo, como si efectivamente hubiera sido obra del diablo.

—Como historia está muy bien, pero yo no me chupo el dedo —insistió Calixto—. Igual lo han hecho con un robot. ¡Con lo que ha avanzado la tecnología!

—Pero mira cómo están las espigas, Calixto —le hizo notar Pablo—. Si hubiera sido un robot, como dices, estarían aplastadas y tronchadas, no entrelazadas. Y te aseguro que la robótica no está en un estado tan avanzado como para poder hacer esto.

–Los gnomos son los guardianes de la tierra y de los mundos subterráneos –insistió Mª José–. Igual que las ondinas son espíritus del agua. Podrían querer darnos algún mensaje.

–Te digo yo cuál: jorobarme –dijo Calixto con rabia–. Pero te aseguro que no han sido los duendes.

–En otros campos de cultivo donde ha ocurrido esto, las semillas de las espigas crecieron cinco veces más de lo normal –trató de consolarlo Diego.

–Bueno, yo no me voy a quedar de brazos cruzados para comprobarlo –resolvió Calixto–. A ver si esta noche me aplastan el resto de las mieses y me quedo sin cosecha.

Ninguno de los primos se atrevió a advertirle de que igual el tractor no le funcionaba dentro del agroglifo, porque tampoco estaban seguros.

Pero querían evitar a toda costa que segara las mieses hasta no averiguar quién y por qué lo había hecho. Si Calixto metía el tractor, se quedarían sin pruebas.

Javier, viendo que se les escapaba el caso, dijo:

–Yo creo que deberíamos avisar a la Guardia Civil y al periodista de Segovia que nos ayudó a descubrir la nave con los robos de las iglesias, para llevar a cabo una investigación.

–No. Prefiero dejarlo estar y que nadie venga a meter la nariz donde no lo llaman –declaró Calixto.

En ese momento, Diego sospechó que Calixto sabía más de lo que decía. ¿Y si pertenecía a alguna secta que pudiera tener enemigos y estos hubieran sido los autores del misterioso agroglifo?

–Si sale en los periódicos, todo el mundo querrá venir a verlo y te podrías hacer rico –le advirtió Javier.

Los otros primos se sonrieron: ya estaba tardando en idear un nuevo negocio.

–No veo yo cómo me haría rico con eso –replicó Calixto.

–Podrías cobrar la entrada, vender camisetas con el agroglifo, incluso alquilar una avioneta para enseñarlo desde el cielo. Me apuesto lo que quieras a que esto atraería un montón de gente al pueblo –le aseguró Javier.

Julia se asombró de la idea de su sobrino, aunque le horrorizara.

Se imaginó autobuses llenos de gente que desembarcaría en masa, armaría mucho jaleo y dejaría todo el campo lleno de basura.

¡Adiós a la paz de aquel tranquilo lugar!

Y lo mismo le ocurrió a Calixto.

—¡Uf, quita, quita! No quiero ni pensar en todo ese follón de gente danzando por aquí.

Y sin más, se subió al tractor con idea de segar las mieses.

¿Tú qué crees?

¿Cuál de estas posibilidades piensas que va a suceder?

a) El motor no funciona dentro del agroglifo.

b) Regresan las seis águilas que habían sobrevolado el campo y atacan a Calixto.

c) Aparecen las luces del cielo que vieron por la noche.

d) Calixto siega tranquilamente el sembrado, para desesperación de los primos.

e) Diversos animales se ponen a saltar por el campo: zorros, liebres, tejones, topillos...

f) Montones de pájaros acuden enloquecidos y todos se ponen al resguardo dentro del establo.

g) Los primos ven a los templarios, que pasan a caballo por el sembrado aplastando todas las espigas.

Calixto monta en cólera ·25

Sin hacer caso a las súplicas de su mujer, Calixto arrancó el tractor y se metió en el sembrado.

Nada más hacerlo, el motor se paró de golpe.

–¿Ves lo que ha pasado? Esa es una señal clarísima de los duendes para que no lo siegues –le advirtió su mujer.

–¡Tonterías! –exclamó él, tratando de volver a arrancarlo sin éxito.

–Calixto, tampoco mi móvil funcionaba ahí dentro –le informó Verónica.

–Sí, y las segadoras sufren cortocircuitos en este tipo de círculos –añadió Diego.

–Pero ¿qué demonios ha hecho aquí esa gentuza? –se enfureció Calixto.

–Es por la magnetita –musitó Pablo.

–¿La qué? –bramó él, suspicaz.

–¡La magnetita! –gritó su mujer, pensando que no lo había oído.

–¿No habréis echado vosotros algo? –les lanzó una mirada acusadora a los niños.

–La magnetita es un mineral que contiene óxido ferroso, y eso es lo que desactiva el motor porque tiene propiedades de imantación –le explicó Pablo.

–¿Y cómo ha llegado aquí la magnetita? –preguntó iracundo.

–Aún no lo sabemos, pero se ha filtrado al suelo –respondió Pablo.

–¿Lo ves? Te dije que era cosa de duendes. Por algo son los guardianes de la tierra –le aseguró Mª José, llena de razón.

–Igual quieren preservar los campos de los abonos químicos –sugirió Natalia.

–¡Tonterías! –exclamó él, furioso–. Los duendes no existen. Quien haya hecho esto es gente con muy malas intenciones. ¡Pues, si me buscan, me encuentran! –sentenció.

–Entonces, ¿lo vas a denunciar? –quiso saber Diego.

–Desde luego que sí. Si se trata de una broma, han ido demasiado lejos. Y si lo que querían era hacer daño, tienen que ir a la cárcel. ¡Como me llamo Calixto que no se van a ir de rositas!

–¿Podemos, entonces, llamar a Luis, el periodista de *El Adelantado de Segovia*? –preguntó Javier, y añadió–: Él nos ayudó a descubrir la trama de robos en palacios e iglesias.

–Bueno... vale... llamadlo... Estoy dispuesto a que el campo se llene de gente con tal de que aparezcan los sinvergüenzas que han hecho esto. Pero antes ayudadme a sacar el tractor de aquí para poder ponerlo en marcha. Espero que no se me haya fastidiado el motor.

—Ya verás como, en cuanto esté fuera del sembrado, funciona —lo alentó Verónica.

Y sin más, los cinco, junto con Calixto, su mujer y Julia, se dispusieron a empujar el tractor hasta sacarlo del agroglifo.

—Intenta arrancarlo ahora —sugirió Diego.

En efecto, el motor rugió con toda su potencia, como si quisiera dejar constancia de que estaba en perfecta forma una vez que lo habían alejado del componente que había logrado paralizar sus piezas.

Calixto sonrió satisfecho.

Su tractor era para él mucho más que una simple máquina. Le tenía un gran cariño, pues pasaba mucho tiempo ahí subido.

A veces tenía la impresión de que los dos formaban un todo.

Desde luego, eran un equipo.

Y ahora se habían quedado sin su objetivo principal: la siega.

—Bueno, niños, a ver si conseguís resolver el misterio. Yo tampoco me voy a quedar cruzado de brazos. Y a ti, Julia, gracias por avisarme.

—¿No queréis pasar a tomar algo?

—Huy, no, a mí se me ha hecho tardísimo. Aún no he empezado a hacer la comida —dijo Mª José consultando su reloj.

—Y yo también tengo faena —corroboró su marido.

Una vez que se marcharon, Julia les preguntó a los niños:

—¿Os venís?

—No: nos quedamos. Tengo que recoger unas muestras de la tierra para analizarla —respondió Pablo.

—¿Y sabes ya cómo vas a hacerlo?

Pablo asintió con la cabeza.

—¡Eres una caja de sorpresas! —exclamó su tía—. Nunca dejará de admirarme tu capacidad para la ciencia y la tecnología. Ya sabes que tienes pendiente inventarme un aparato de masaje para la espalda.

Su sobrino levantó el dedo pulgar en señal de asentimiento y Julia sonrió. Con tantas horas como pasaba al ordenador, tenía las cervicales hechas polvo.

—Bueno, ya me enseñaréis luego los resultados y cómo lo has hecho —dijo mientras se alejaba.

Cuando los niños volvieron la mirada hacia el agroglifo, se quedaron perplejos al ver que las seis águilas habían regresado y lo sobrevolaban en una asombrosa coreografía.

Diego, todavía bajo la impresión de lo que había vivido en el epicentro del agroglifo, les informó:

—En los jeroglíficos egipcios, el águila representaba la letra «A». Y para los aztecas era el decimoquinto símbolo de su calendario, que tenía veinte en total; la consideraban el ave imperial. También lo fue de los romanos, que la eligieron para ser su estandarte.

—Sí, es un símbolo heráldico en muchas banderas y escudos —corroboró Pablo, contemplando embobado su majestuoso vuelo.

—Representa la luz frente a los poderes oscuros. También es el símbolo de san Juan evangelista —continuó hablando Diego. Necesitaba decir en voz alta todos los datos que conocía sobre las águilas para encontrar sentido a lo ocurrido.

Pero Verónica apenas escuchaba a su hermano, centrada como estaba en un detalle que acababa de descubrir.

Un detalle muy importante.

Observa las águilas con detenimiento, a ver si eres capaz de descubrir lo mismo que Verónica.

Un estado de paz ·26

Verónica observó la cabeza de las águilas, una caperuza tan blanca...

Parecía como si les hubieran tirado una bola de nieve que hubiera resbalado por su plumaje hasta el final del cuello.

Solo había una pequeña mácula que rompía esa blancura.

Estaba justo encima del pico, en la frente, entre los dos ojos.

Y tenía una forma que Verónica identificó enseguida.

¡Era la marca de la lágrima!

La misma marca que tenía alguna gente del pueblo.

La misma marca que había en algunos edificios de la Plaza Mayor.

La misma marca que habían encontrado en algunas piedras y que desaparecía cuando las fotografiaba...

Sin embargo, la marca pasó a un segundo plano al sentir la penetrante mirada de una de las águilas clavada en sus propios ojos.

Era una mirada intensa.

Perturbadora.

A Verónica le pareció que el águila le estaba diciendo algo con aquella mirada...

«Te preocupas en exceso. Relájate».

«Extiende tus alas, déjate mecer por el viento».

De súbito, sintió una paz muy grande, como si ella misma estuviera planeando en el cielo por encima del sembrado mientras le invadían la cabeza imágenes junto a Marcos.

Imágenes que venían acompañadas de sensaciones muy intensas.

La vez que Marcos había rozado su pierna contra la de ella cuando iban a caballo... Todavía podía sentir la llamarada de fuego que le había recorrido todo el cuerpo y los latidos acelerados del corazón, que le explotaba dentro del pecho desbordado por la emoción.

Algo que jamás había experimentado antes.

También recordó el primer beso, los primeros abrazos...

El aleteo de cientos de mariposas en su estómago cada vez que lo veía...

Era como si estuviera reviviendo cada uno de esos momentos tan mágicos.

¿Cómo se le podía haber pasado por la cabeza dejar a Marcos porque no pudiera venir en verano?

Entonces se dio cuenta de que las águilas habían desaparecido.

Pero se sintió confortada por la quietud serena del campo.

Por el profundo silencio de la naturaleza.

Por un horizonte repleto de promesas de libertad...

—¡Eh, Verónica, que te has quedado pasmada!

La voz de su hermano, junto con la mano que se empeñaba en abanicar delante de su cara, casi rozándole las pestañas, la sacó de golpe de aquel estado de éxtasis en que se encontraba.

No tenía la menor noción de cuánto tiempo había durado. Pero le fastidiaba haber sido expulsada de ese lugar tan placentero.

—¿Habéis visto que las águilas tenían la marca de la lágrima? —preguntó para disimular su prolongada ausencia.

—¿Dónde la tenían? —quiso saber Javi.

—Aquí —Verónica se señaló el entrecejo.

—La tiene Calixto, la tienen las águilas, la tiene el agroglifo... —reflexionó Diego en voz alta.

—¿Crees que la marca es la clave de todo? —le preguntó Pablo.

—No lo sé... Pero es mucha coincidencia. ¿No os dio la impresión en un primer momento de que Calixto sabía quién podía ser el autor del agroglifo?

—Sí: cuando dijo que lo que querían era jorobarlo... —asintió su hermana.

—Entonces, ¿volvemos a la teoría de la secta? —preguntó Javier.

—Hay gente que piensa que la geometría tan perfecta de los agroglifos es como la de los símbolos celtas. O los mandalas. ¡O los de la Cábala! —reflexionó Diego.

—¿Qué son los mandalas? —quiso saber Natalia.

–Son representaciones simbólicas utilizadas en el budismo y en el hinduismo –le aclaró Diego, pero, como vio que su cara reflejaba la misma extrañeza que antes de preguntar, añadió–: Seguro que has visto muchos... ¡Si hay cuadernos de mandalas para colorear! Están hechos con formas geométricas, unas pegadas a otras, y parecen flores o vitrinas cuando las ves de lejos... Pero para los budistas es un espacio sagrado que les sirve de concentración en la meditación y donde cada forma representa algo diferente: por ejemplo, el círculo es lo absoluto, la estrella está relacionada con la libertad, el pentágono con la tierra, el agua y el fuego...

–¿Y la Cábala? –volvió a preguntar Natalia, un poco aturullada.

–Es una escuela de pensamiento esotérico en torno al judaísmo que también usa símbolos. ¡Y está llena de secretos, son muy misteriosos! Esos secretos solo se transmiten a una minoría.

–¿Esotérico? –preguntó Natalia, que se había quedado solo con la primera parte de la explicación. Tenía la cabeza a punto de estallar con tantos términos raros.

–Bueno... –trató de explicarse Diego–. El caso es que la representación de la Cábala es como un mapa, el camino que tiene que seguir el hombre para llegar hasta Dios.

–Pero ¿qué tiene que ver todo esto con que Calixto pertenezca a una secta? –interrumpió Javier, un poco harto ya de tanta lección. ¡Diego a veces parecía una enciclopedia!

—Pues que algunas sectas utilizan este tipo de simbología —respondió su primo, pensativo.

—O sea, que crees que Calixto podría pertenecer a una secta y esto lo habría hecho otra secta enemiga para fastidiar —concluyó la más pequeña.

—Sería una posibilidad más —musitó Diego.

—No necesitamos seguir abriendo el abanico de posibilidades, sino acotar las que ya tenemos, que son muchas —protestó Verónica.

—Bueno, dejémonos de elucubraciones y vamos a recoger la tierra para analizar la cantidad de magnetita. Tenemos que conseguir pruebas —los espabiló Pablo, cerrando el cuaderno de investigación donde había estado dibujando algunos mandalas, símbolos celtas y de la Cábala.

Cuaderno de investigación

② Símbolos celtas

Trisquel: representa la fortaleza, la voluntad de avanzar para superar las dificultades.

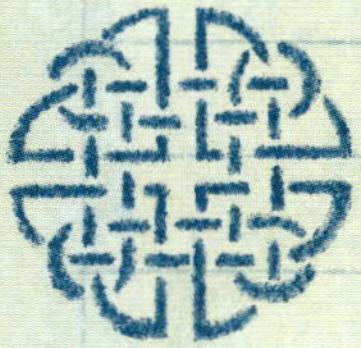

Nudo perenne: representa el amor, el nudo que no se deshace, y el entrelazamiento de la vida y la eternidad.

Cruz celta: la cruz representa al hombre y el anillo interior, la mujer. Para los celtas simbolizaba también los cuatro puntos cardinales, las cuatro estaciones, el cruce de caminos.

Triqueta: parte femenina del universo, la indivisibilidad de tierra, agua y aire. Doncella, madre y anciana.

Árbol de la vida: los celtas fundaban las aldeas en torno a un gran árbol que simbolizaba la sabiduría, la fuerza y la vida de los bosques.

Laberinto: el camino que conduce desde la conciencia externa (lo material) hacia el alma.

③ Símbolos cabalísticos

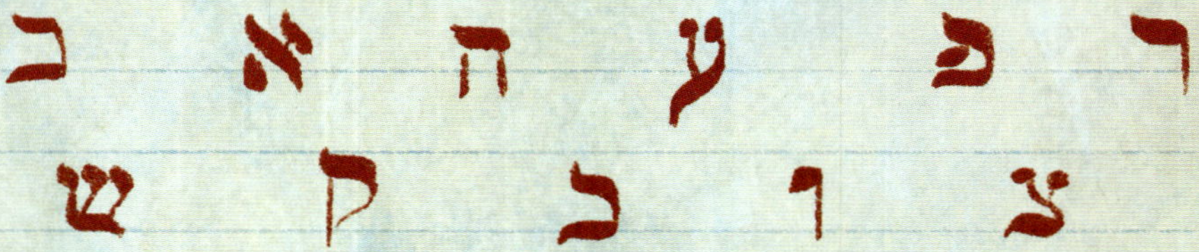

¡Qué experimento tan chulo! ·27

Antes de internarse en el agroglifo, Diego, que no podía olvidar la impactante sensación de haberse trasladado a otra época y otro lugar, los detuvo:

—Esperad un momento. No paro de pensar por qué, cuando estaba en el epicentro del agroglifo, justo donde está la marca de la lágrima, mi cuerpo y mi mente se trasladaron hasta el antiguo Egipto.

—¿Porque eres un entusiasta de los egipcios? —dijo su hermana con retintín.

—Me pregunto si no estará ahí precisamente el origen de la lágrima: en el antiguo Egipto. Quiero recordar exactamente lo que vi, pero... estaba petrificado por el miedo. Por si acaso, deberíamos tener cuidado de no meternos todos a la vez.

—Diego, yo creo que te quedaste roque —replicó Verónica—. Tú eres una marmota, y con lo poco que habíamos dormido...

—¡Y dale! Te digo que no, Vero, que estaba completamente despierto. Fue una sensación rarísima. Nunca he vivido nada igual. Bueno, sí... ¿Os acordáis de lo que nos ocurrió al tocar la estatua del extraterrestre, que teníamos que quitar la mano rápidamente por la impresión tan brutal que daba? Pues fue lo mismo, pero a lo bestia.

—Los sueños pueden parecer muy reales y creerte que estás despierto —incidió Pablo.

—Bueno, da igual, yo sé lo que viví. Ahora lo importante es tener un plan para que no acabemos todos en el antiguo Egipto.

—¡Sería genial! —exclamó Javier.

—Sí, qué guay —corroboró Natalia.

—¿Y cómo íbamos a volver? —les hizo ver Diego—. Yo pude hacerlo porque me trajo Verónica...

—La verdad es que me costó bastante despertarlo. ¡Menudos meneos tuve que darle! Estaba profundamente dormido y se despertó como un zombi. Hasta me asusté y todo.

—Porque no estaba dormido —masculló él.

—Bueno, no discutáis —medió Pablo—. Si te quedas más tranquilo, paso yo solo a coger la tierra, no te preocupes.

—¿Y por qué tienes que ser tú? —saltó Javier.

Pablo le entregó las bolsas y la pala.

—Vale, hazlo tú si te hace ilusión —respondió.

Javier, que se esperaba resistencia por parte de su hermano, se quedó cortado, pero le pareció que ya no podía dar marcha atrás y cogió los trastos.

—Pero no hagas el tonto, que te conozco —le advirtió Pablo.

—¿Y qué crees que voy a hacer?

—Montar una escenita como la de esta mañana.

Javier se sonrió, comprendiendo que no iba a colar un segundo número, y se metió muy formal en el recinto de la lágrima.

Pero esta vez fue Diego el que la montó. Se puso a animar a su primo como si estuviera en un partido para que metiera un gol.

—¡Venga, Javi, que tú puedes! ¡Ánimo! Cava bien hondo. ¡Vamos! ¡Vamos!

Y por si no fuera suficiente con el vocerío, se puso a cantar a gritos la canción de los siete enanitos cuando van a la mina:

—*¡Hi Ho! ¡Hi Ho! Que la tierra hay que sacar. Lararalala. ¡Hi Ho! ¡Hi Ho! ¡Hi Ho!...*

En realidad, lo hacía con un propósito: romper cualquier tipo de conexión espiritual necesaria para que su primo no emprendiera un viaje como el suyo.

Le daba pánico perderlo.

Y más sabiendo cómo era: capaz de meterse en una de las pirámides, de la que luego no pudiera volver a salir.

—¡Vaya panda de chalados! —comentó Pablo riéndose.

—Lo está haciendo para que no se lo lleven las fuerzas ocultas —le advirtió Verónica, que conocía bien a su hermano; no se le pasaba nada por alto.

—Quieres ser el único en ver la tumba de Tutankamón, ¿no? —dijo Javier, que ya había terminado la faena.

—Créeme, Javi, fue una sensación aterradora, un vértigo brutal.

Y por cómo lo dijo, todos le creyeron.

Hasta Javier, que salió muy formal del agroglifo, sin montar ningún número.

Una vez en casa, Pablo se dispuso a hacer el experimento que le permitiría comprobar el grado de magnetismo de los distintos suelos con tres tipos de tierra: la que había cogido la primera vez en el agroglifo, la del epicentro que acababa de recoger Javi y, por último, otra muestra tomada fuera del agroglifo.

Agua magnética

Materiales

- Óxido de hierro
- Aceite de bebés
- Un frasco de cristal
- Una cuchara
- Agua del grifo
- Un imán

Paso a paso

1. Tomar una cucharada de óxido de hierro y mezclarla en el bote de cristal con el aceite hasta conseguir una masa compacta.

2. Llenar el frasco de cristal con agua y cerrarlo.

3. Acercar por fuera del cristal un imán. La masa se pegará a él. La puedes arrastrar arriba y abajo a tu antojo con el imán.

¡Qué alucine, chaval! ·28

Pablo introdujo en cada frasco el amasijo que había hecho mezclando los tres tipos de tierra con el aceite. Luego los llenó de agua.

Los otros cuatro contemplaron fascinados cómo el que contenía la tierra del epicentro del agroglifo era atraído por el imán que Pablo pasaba por fuera, moviéndolo a su antojo.

–¡Qué alucine, chaval! –exclamó Javier.

–¡Cómo mola! –se sumó Natalia.

–¡Sí que tiene una buena cantidad de magnetita! –comentó Verónica.

–Tú verás. Para haberme atraído a mí hasta el antiguo Egipto... –musitó Diego.

–Pablo, ¿tú crees que fue la magnetita la que pudo hacer eso? –preguntó Verónica.

–Por sí sola, no creo –respondió escueto mientras retiraba el imán de ese frasco y lo pasaba por el que contenía la tierra de una zona del agroglifo alejada del centro.

La masa hacía intentos por pegarse al imán, pero, cuando Pablo lo movía hacia arriba, caía a plomo.

—Este suelo contiene menos magnetita —constató.

Por último, pegó el imán al cristal del tercer bote, cuya masa estaba formada por tierra de fuera del agroglifo, y esta ni se movió.

—Está claro que la composición del suelo del agroglifo varía y que solo hay magnetita dentro de él —concluyó Pablo.

—Pero... ¿cómo y por qué llegó ahí? —se preguntó Diego.

Sin embargo, Pablo, absorto ya en otra cuestión, no le respondió, sino que se limitó a sacar unas espigas de la mochila y se dirigió a la estantería donde estaba el microscopio que había usado en su día para comprobar las huellas de la mano ensangrentada que habían encontrado en la pared de la casa embrujada.

Pablo colocó una de las espigas en la base del microscopio y la observó con detenimiento. Después introdujo otra.

—¡Guau! ¡Lo que yo pensaba! —exclamó eufórico.

—¿Y qué es lo que pensabas? —preguntó Diego.

—Pues que las espigas aplastadas tienen alterada la estructura molecular.

—¿Y eso qué quiere decir? —inquirió Natalia.

—Mira —dijo acercando el microscopio a su prima para que pudiera verlo.

Natalia pegó el ojo al visor del microscopio.

—Sí, son distintas —corroboró extasiada—. ¡Qué bonitas son!

Todos querían contemplarlas, pero Natalia se resistía a dejar el microscopio.

El jaleo que armaron peleándose por él atrajo a Julia.

—¿Qué habéis descubierto?

Pablo le mostró los frascos donde se podía comprobar el grado de imantación de la muestra de cada suelo y la animó a observar las espigas al microscopio.

—Todavía estoy impresionada por lo del agroglifo —les confesó Julia—. Me he metido a investigar en internet y es apasionante. En Inglaterra, dos granjeros dijeron que habían sido ellos los autores, pero, cuando les propusieron que demostraran cómo lo habían hecho, vieron que sus agroglifos no tenían la perfección geométrica de los otros y, además, las espigas quedaban aplastadas, no entrelazadas. Hay todo tipo de teorías. Yo creo que podría tratarse de un fenómeno atmosférico, pero, por otro lado... Esos patrones tan sofisticados y con simbolismo... Me intriga un montón —musitó y, acto seguido, subiendo la voz, les preguntó—: ¿Habéis llamado ya a Luis?

—¡Ay, no! Estábamos tan concentrados en los experimentos que se nos ha pasado —respondió Verónica.

—Me pido llamarlo —saltó Javier.

—Todo tuyo —le tendió el teléfono Verónica.

—Yo me bajo a cocinar —dijo Julia.

Los niños esperaron callados a que el periodista respondiera a la llamada, pero, en cuanto Javier pronunció su nombre, iban registrando en su cabeza cada palabra que salía de su boca y escudriñando los gestos de su rostro.

–Hola, Luis. Soy Javier.

– ...

–Bien, estamos en la finca de mis primos. Llegamos antes de ayer y ha ocurrido algo que va a ser la exclusiva de tu vida. Se va a montar la mundial, tienes que venir cagando leches.

Su hermano y sus primos estaban seguros de que Javier no se iba a limitar a informarle únicamente de lo ocurrido, sino que se lo iba a vender como una película de misterio, tal y como estaba haciendo.

–No, mañana será tarde. Tienes que venir hoy. Tu nombre se escribirá con letras de oro. Te darán el premio al periodista del año...

– ...

–Ha aparecido un agroglifo en el sembrado que linda con nuestra finca.

– ...

–Pues es... ¿Estás delante del ordenador?

– ...

–Busca imágenes de agroglifos. ¡Vas a flipar!

– ...

—Sí, el que ha aparecido aquí es inmenso, alucinante, ya lo verás. Lo descubrimos esta mañana.

— ...

—Anoche no estaba, eso seguro. Dormimos en una tienda de campaña, casi pegados al sembrado, y vimos unas luces...

Pablo le hizo un gesto para que no se fuera de la lengua.

— ...

—No... No te estoy diciendo que hayamos visto ovnis. Eran unas luces que botaban en el aire y luego desaparecieron muy rápido. Bueno... Tú vente. Te envío ahora una foto que sacamos con el dron de mi hermano. Vas a alucinar.

Cuando colgó, su hermano lo reprendió.

—¿Para qué le has dicho lo de las luces?

—Para que viera que es una gran exclusiva. Quería venir mañana. Me dijo que hoy estaba liadísimo.

—A ver si va a pensar que hemos tomado setas alucinógenas o que somos unos lunáticos —se preocupó Verónica.

—Voy a enviarle la foto del agroglifo para que vea que no exagero.

Se acabó la paz ·29

Tal y como habían temido Julia y Calixto, los siguientes días fueron una auténtica locura.

Los primeros en aparecer fueron los medios de comunicación: prensa, radio y televisión.

El campo se llenó de unidades móviles, cámaras y micrófonos.

Todos querían entrevistar a los primos y subirse al tejado del establo para grabar desde allí el agroglifo.

Luego llegaron avionetas que sobrevolaban el sembrado de Calixto a todas horas, haciendo un ruido infernal. Incluso un helicóptero fue hasta allí.

Al principio les hizo ilusión convertirse en los protagonistas de una noticia de gran alcance, pero pronto se sintieron desbordados.

En los titulares de los periódicos aparecían frases y teorías que no habían salido de su boca. Algunos pretendían hacerles el guion de lo que tenían que decir o tergiversaban sus palabras...

—Pero si yo no dije eso... —protestó Verónica al leer que había avistado cinco naves espaciales.

—Tampoco yo dije que noté la presencia de extraterrestres dentro del agroglifo —se sumó Javier.

—¡Menos mal que no conté lo que me ocurrió a mí! —exclamó Diego—. Habrían dicho que había sido abducido por los extraterrestres.

—¿Y cuándo dije yo que el autor del agroglifo era un laboratorio que está haciendo experimentos transgénicos con las plantas? —se indignó Natalia.

—Solo buscan el sensacionalismo —masculló Pablo—. Menos mal que hemos decidido no contar nada de todos los fenómenos paranormales que hemos vivido; si no... ¡a saber qué habrían publicado!

—Ahora más que nunca es importantísimo guardar el máximo secreto —declaró Verónica—. Javi, tú calladito, aunque te tiren de la lengua.

—¿Y por qué me lo dices a mí?

—Porque eres un bocazas y te encanta el protagonismo —le espetó su hermano—. ¿O ya se te ha olvidado el numerito que hiciste vestido de Felipe II en la entrega de premios del mercado renacentista, cuando mostraste a todo el pueblo la medalla del cardenal que habíamos encontrado, sin consultarlo con nosotros?

Pero lo que más les indignó fue que algunos medios dejaban entrever que podrían haber sido ellos los causantes. Insinuaban que, al ser Pablo un niño superdotado para la ciencia, podría haberlo hecho con un dron.

Por suerte, las noticias enseguida pierden actualidad al ser desbancadas por otras, y pronto los niños se vieron libres del acoso mediático.

Sin embargo, todo ese sensacionalismo que despertó la noticia atrajo a numeroso público, ávido de contemplar el agroglifo y de experimentar las mismas sensaciones que habían tenido los primos ahí dentro.

Javier, como ya comentó a Calixto el día del descubrimiento, veía un fabuloso nicho de negocio y quería explotarlo a toda costa.

–Tenemos que cobrar entrada por subir al establo, y vender camisetas y saquitos con la tierra del agroglifo y coronas y ramos con sus espigas y...

–Se te olvida que el sembrado es de Calixto –le recordó Diego.

–Bueno, vale, la tierra y las espigas no las podemos vender, pero sí las camisetas y las entradas para verlo desde el tejado del establo.

–¿Quieres darles en bandeja una excusa a los que han apuntado que podríamos ser nosotros los autores del agroglifo? Dirán que lo hemos hecho para sacar provecho económico –razonó Verónica.

–Lo peor es que no nos dejan tiempo para investigar –se lamentó Diego.

–Si solo fuera eso... Son como buitres –intervino Pablo–. Si no estuviéramos ahí de guardia, se llevarían todas las espigas. Ya he tenido que pararle los pies a más de uno.

–Y están dejando el campo hecho un asco –añadió Natalia.

–Sí: cuando acabe toda esta locura, tendremos que dedicarnos a limpiarlo –asintió Verónica.

–Pues por eso; al menos, sacar algún rendimiento –comentó Javier–. Hoy que va a venir la panda para ayudarnos a controlar el cotarro, si lo organizamos bien...

—¿Crees que a la tía Julia le va a hacer gracia que se llene la finca de coches y excursionistas? —le hizo ver Pablo.

—Yo me encargo de convencerla. Con el dinero que saquemos de las entradas, podemos comprar las camisetas para estamparlas con el agroglifo y con ese...

—Javi, ya veo que te has montado el cuento de la lechera —se rio Verónica.

—Y ya sabes cómo acabó —le recordó Diego.

—¡Sois unos sosos! —los acusó Javier, desesperado al no encontrar apoyo para sus planes empresariales.

—Te recuerdo que somos detectives, no negociantes —lo reconvino su hermano.

La tía Julia entró en el salón.

—¿Quién viene conmigo al supermercado y a tirar la basura? —preguntó.

—¡Yo! —se ofreció Javier, pensando que esa era la ocasión perfecta para convencer a su tía de las bondades de su negocio.

Pero los demás, oliéndose la tostada, saltaron al unísono:

—¡¡¡Y yo!!!

—Alguno se tiene que quedar por si empieza a venir la gente, para poder controlarla... Verónica, ¿os quedáis Pablo y tú, que sois los mayores?

—Yo también me quedo —se avino Natalia. Se le abrían las carnes solo de pensar en el estropicio que podían armar las hordas descontroladas por el campo.

En cuanto Julia arrancó el coche, Pablo, Verónica y Natalia se fueron hacia la zona del establo.

A estas alturas, seguro que tus dotes de observación te permitirán fijarte en un detalle muy importante. ¿Qué echas de menos?

Un cuento de hadas · 30

Pablo analizaba cada día la cantidad de magnetita del agroglifo y pudo constatar que había descendido considerablemente. De hecho, en algunas zonas funcionaba ya el móvil de Verónica.

–Tenemos que decírselo a Calixto, por si quiere arar el campo –opinó ella.

–Sí, tienes razón –asintió Pablo, observando atentamente el suelo con la lupa de su abuelo–. Además, con toda la gente que ha pisado aquí, es imposible encontrar pruebas ni huellas de ningún tipo.

–Incluso han pisoteado espigas que no estaban caídas –comentó Natalia apenada, tratando de volver a ponerlas en pie sin resultado.

Verónica iba fotografiando cada pequeño detalle y visionando las fotos anteriores por si apreciaba alguna diferencia.

–¡Eh, mirad! –exclamó sorprendida–. ¡Los granos han crecido un montón! Incluso los que están aplastados y no han sido pisoteados.

Pablo y Natalia comprobaron que lo que decía su prima era cierto.

–¿Será por la magnetita? –se preguntó Verónica.

–No... no creo... Los nutrientes más importantes para el crecimiento de una planta son...

–El nitrógeno, el fósforo, el potasio, el calcio, el magnesio y el azufre –saltó Natalia.

–¡Eh! ¡Cómo te lo sabes! –exclamó Verónica, asombrada.

Natalia sonrió satisfecha.

–¡Eso es! –confirmó Pablo, orgulloso de su prima pequeña–. Y no te olvides del pH del suelo. También es importante.

–¿Como el del agua de la piscina para que esté limpia? –se interesó Verónica.

–Sí... Podemos medirlo con un experimento muy fácil –propuso Pablo.

–¿Y qué habrá pasado con el círculo del campo de béisbol? –se acordó de pronto Natalia.

–¡Es verdad! –exclamó Verónica–. Con todo el jaleo que se ha montado por el agroglifo, nos hemos olvidado de él.

Los tres niños corrieron hacia allí.

–¡Ahí va! ¡Ha desaparecido! –constató Verónica, fotografiándolo desde todos los ángulos.

Los tres comprobaron perplejos que no quedaba ni rastro del círculo y que la hierba no estaba aplastada, sino como la del resto del campo.

Pablo constató también que no había ni un ápice de magnetita.

–Si hubiera sido el efecto de una tormenta solar, todavía estaría la marca del círculo... –masculló casi para su cuello.

—Entonces, ¿te inclinas más por la teoría de que hubiera aterrizado aquí una nave extraterrestre? —le preguntó Verónica.

—Ya sé que me vais a llamar pesada, pero yo insisto en que todo esto es una llamada de socorro de la Tierra —dijo Natalia.

—¿Y por qué justo aquí? —le preguntó Pablo.

—Porque sabe que Natalia es una enamorada de las plantas y es capaz de entender su mensaje —propuso Verónica.

A Natalia le hizo mucha ilusión el comentario de su prima.

—¿Tú crees? —preguntó soñadora.

Pero Pablo le echó un jarro de agua fría:

—Eso es muy bonito, pero me parece un cuento de hadas. Yo creo que tiene más que ver con las líneas Hartmann.

—¿Y si las líneas Hartmann estuvieran ayudando a la Tierra, de algún modo, a dar su mensaje? —inquirió Verónica.

—Bueno... Eso sí podría ser —admitió Pablo.

Los tres primos se fueron a casa cargados de muestras de tierra para analizar el tipo de suelo y el pH.

Pablo había recogido una de tipo arenosa, que era la que había en los sembrados, otra muy negra (humus) y una tercera arcillosa.

La primera muestra de arena que utilizó para el experimento no fue la del agroglifo, sino la del sembrado que estaba al otro lado del camino principal, alejado de él.

Cómo averiguar el tipo de suelo

Materiales

- Tres tipos de suelo: arcilla, humus (tierra negra) y arena
- Tres botellas vacías de plástico de 1 litro
- Una jarra con agua
- Algodón

Paso a paso

1. Cortar las botellas por la mitad y quitar el tapón. Taponar con algodón la boca de las botellas.

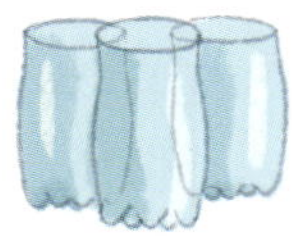

2. Poner las tres bases cortadas de las botellas sobre una superficie plana.

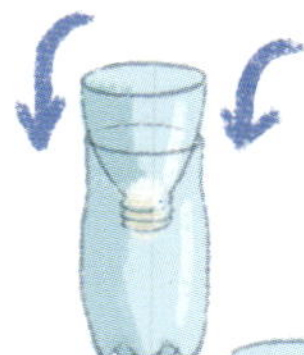

3. Colocar dentro de las bases las otras tres partes de las botellas que hemos cortado con la boca hacia abajo, como si fuera un embudo.

4. Introducir en estos embudos los tres tipos de tierra, uno en cada botella, hasta llenarlos por la mitad.

5. Añadir agua hasta casi el tope, dejando un dedo libre aproximadamente.

Resultado

a) Veremos que en la botella donde está la arcilla pasa mucha agua.

b) En la botella del humus no se filtra nada de agua (la tierra la absorbe).

c) En la botella de arena se filtra agua, pero no tanta como en la de la arcilla.

—¡Qué reacción tan distinta la de cada suelo! —exclamó Natalia, fascinada con el experimento de su primo.

—Sí, la de la arcilla ha dejado pasar casi toda el agua; en cambio, la de la tierra negra, ni una pizca: la tierra la ha absorbido toda —comentó Verónica.

—Pues ahora vamos a ver qué pasa con el suelo arenoso del agroglifo, a ver si reacciona igual que el del otro sembrado —dijo Pablo.

Y comenzó a echar agua en esa cuarta botella que preparó.

—¡Ostras! ¡Ha reaccionado como si fuera el humus! —exclamó Verónica, perpleja.

—Por eso han crecido tanto los granos de las espigas: porque ha absorbido todos los nutrientes —le respondió su primo—. Y ahora vamos a comprobar el pH.

Comprobar el pH de un suelo

Materiales

- Un vaso y un frasco de cristal
- Una cuchara
- Unos puñados de tierra
- Agua
- Bicarbonato (base alcalina)
- Vinagre (base ácida)

Paso a paso

1. Echar agua en el frasco. Añadir unas cucharadas de bicarbonato y revolver.
2. Añadir la tierra y revolver: si el suelo es ácido, hará burbujas; si no, es que el suelo es alcalino.
3. En el vaso echar agua, varias cucharadas de bicarbonato, un buen chorro de vinagre y el suelo que se quiere analizar. Si no se produce ninguna efervescencia, es que la tierra tiene un pH neutro.

–Lo que yo suponía: la arena del agroglifo tiene un pH neutro –sentenció Pablo.

–¿Y por qué lo sabes? –preguntó Natalia

–Porque no ha reaccionado con el vinagre ni con el bicarbonato. ¿No ves que no ha hecho ninguna burbuja? No es ni ácida ni alcalina, es neutra. La tierra ácida es mala para plantar; y se ve que es ácida cuando la mezclas con una base alcalina, como el bicarbonato, porque hace efecto efervescente. En cambio, la que es alcalina hace las burbujas cuando echas en la mezcla vinagre, que es ácido.

–Entonces, la tierra buena es la alcalina, ¿no?

–No, lo mejor es que tenga el pH neutro, ni ácido ni alcalino, como la del agroglifo. Por eso los granos han germinado tanto –le explicó Pablo.

–Pues Calixto se va a poner muy contento cuando se entere –se alegró Natalia–. Al menos, tendrá una buena cosecha.

–Sí –asintió pensativa Verónica.

–No pareces muy convencida –comentó Pablo.

–Estoy tratando de recordar si, cuando lo conocimos, tenía la marca de la lágrima en la sien. Creo que no. Me habría chocado.

–En ese caso, ¿cómo se la habrá hecho? –caviló Natalia.

–¿Habrá algo radiactivo en la zona? –sugirió Verónica.

–¿Y que todos la tengan igual? Eso es raro –comentó Pablo.

Pero unos bocinazos a la altura de la verja de entrada hicieron saltar sus cavilaciones por el aire.

La herrería · 31

Mientras Pablo hacía los experimentos con la tierra del agroglifo, Javier trataba de convencer a su tía en el supermercado para que lo apoyara en los negocios que le rondaban la cabeza.

—Javi, ¿tú sabes que para montar un negocio tienes que crear una sociedad, inscribirla en el registro y darte de alta como autónomo? —le hizo ver ella.

—¿Y eso es complicado?

—Complicado y caro: cuesta una pasta.

—¿Solo por cobrar unos míseros euros de entrada y vender unas camisetas? —protestó.

—Pues ya ves. Es así.

Javier se quedó pensativo.

—Mamá, me parece que acabas de echar por tierra los sueños empresariales de Javi —dijo Diego.

—No me parece justo que te cobren antes de que el negocio sea rentable, la verdad. Tendrían que hacerlo una vez que hayas ganado el dinero —comentó fastidiado.

–Siento decepcionarte, Javi, pero el mundo no siempre funciona como nos gustaría –dijo su tía, y añadió–: Anda, mete ocho botellas de agua en el carro.

–A lo mejor Calixto tiene ya una sociedad y podríamos hacerlo a través de ella. Seríamos socios. ¿Nos llevas a su casa para preguntárselo? –insistió.

Su tía se sonrió. Le hacía gracia su persistencia. Estaba claro que no se iba a rendir fácilmente.

–De acuerdo –respondió.

Le gustaba alentar los sueños de sus hijos y sus sobrinos.

Le parecía que los niños eran un ejemplo de entusiasmo, creatividad, curiosidad e inteligencia.

Javier se puso contentísimo y, en un santiamén, acarreó los ocho botellones de cinco litros como si no pesaran nada.

–¿Cogemos también zumos? –preguntó.

–Ya los he cogido yo –le advirtió Diego, que llevaba otro carro, desde la otra punta del pasillo.

Una vez que hubieron pagado, Teo, el dueño del supermercado, los ayudó a meter toda la compra en el coche.

–¿Vamos ahora a ver a Calixto? –preguntó Javier, esperanzado; le brillaban los ojos.

–¡Venga, vamos! –asintió su tía.

Mª José les informó de que había ido a la herrería para que le repararan unos aperos de labranza. Y allá se dirigieron.

La herrería estaba a la entrada del pueblo. Era un chalet con bastante terreno alrededor donde había expuestos enrejados de forja.

A los niños siempre les había llamado la atención, pero nunca habían tenido la ocasión de entrar.

Efectivamente, allí encontraron a Calixto charlando con el herrero mientras este hacía su trabajo.

Diego y Javier contemplaron fascinados aquellos antebrazos gruesos y recios como troncos de árboles donde se marcaban unas venas abultadas que parecían a punto de reventar por la tensión de sostener el arado entre sus manos y por el calor que salía de la fragua.

Era un hombre robusto, de abundante vello rubio, que sudaba profusamente mientras sometía el hierro a su voluntad.

Su pecho hercúleo subía y bajaba embutido en una camiseta de tirantes y, de cuando en cuando, resoplaba.

A Diego se le fueron los ojos a la marca de la lágrima que se encontraba oculta en el interior del codo, entre esa red de riachuelos azules que eran sus venas.

Y de súbito, su cabeza empezó a darle forma a una idea.

¿Y si alguno de esos enrejados que se apilaban en desorden por las paredes tuviera un patrón que pudiera recordar al del agroglifo?

¿Y si esos intrincados dibujos hubieran sido hechos con planchas de hierro?

Le parecía que, si había alguien en el pueblo capaz de haber diseñado semejante virguería, sería el herrero. Y por si fuera poco, tenía también la dichosa marca...

En un momento en que su madre se puso a deambular por la herrería contemplando los trabajos, disimuladamente le dio un codazo a su primo para que se fijara en la lágrima rojiza que destacaba en la lechosa piel del herrero.

Javier le hizo un gesto cómplice de que la había visto.

A continuación, Diego siguió el ejemplo de su madre para poder observar de cerca las rejas y dejó a su primo charlando con Calixto del negocio que se traía entre manos.

Ayuda a Diego a descubrir algunos de los símbolos celtas que han dibujado en el cuaderno de investigación.

El herrero tiene la marca ·32

Cuando Julia, Javier y Diego regresaron a la finca con la compra del supermercado, se encontraron a Pablo, Verónica y Natalia desbordados por la cantidad de gente que había aparecido durante la mañana y que hacía caso omiso a la prohibición de entrar en el agroglifo, tal y como les había encomendado Calixto.

—Ha sido horrible, mamá —se quejó Verónica—. Nos empujaban para pasar y nos decían que quiénes éramos nosotros para prohibirles el paso.

—Sí: por más que les insistíamos en que cumplíamos órdenes del dueño, no nos hacían ni caso —asintió Pablo.

—Y han pisoteado un montón de espigas de las que estaban en pie —añadió Natalia con gesto mohíno.

—Lo siento por tu negocio, Javi, pero hemos decidido llamar a Calixto para que siegue el campo —le informó Verónica—. Pablo ha comprobado que ha disminuido un montón la carga magnética. Mi móvil funcionaba prácticamente en todas partes.

—No pasa nada —respondió él, cariacontecido—. De todos modos, no podemos montar ese negocio. Hace falta tener una sociedad, y la que tiene Calixto es solo para fines agrícolas.

—¿Habéis hablado con él? —preguntó Pablo.

—Sí, en la herrería —respondió Diego—. Fue ahí para que le arreglaran un arado.

Por su mirada penetrante y sus gestos, los tres primos que se habían quedado en la finca supieron enseguida que allí había sucedido algo importante. Así que, en cuanto descargaron y colocaron todo lo del supermercado, salieron de la casa dispuestos a escuchar las últimas novedades.

—El herrero tiene la marca de la lágrima aquí —Javier se señaló el interior de su codo.

—Y en las rejas que tiene en la herrería he descubierto algunos símbolos celtas —añadió Diego.

—¡Ostras! ¿En serio? —exclamó Javier—. Yo ni me di cuenta —admitió.

—Los vi mientras tú hablabas con Calixto de la sociedad —le informó Diego.

—¿Crees, entonces, que el herrero es el autor del agroglifo? —preguntó Pablo.

—Bueno, me parece que es el único del pueblo que podría haberlo hecho —respondió Diego.

Verónica fue un paso más allá:

—¿Y si el herrero y Calixto pertenecieran a la misma secta y estuvieran confabulados?

—¿Con el enfado que se pilló al ver el agroglifo y al comprobar que no le funcionaba el tractor? —se extrañó Natalia.

—Lo mismo estaba fingiendo... —replicó su prima.

—¿Y con qué intención hicieron el agroglifo? —inquirió Diego.

—Pues... no sé... Para ahuyentar las malas energías o para transmitir un mensaje... —sugirió su hermana.

—El poder de los símbolos se debe a su frecuencia vibratoria —musitó Diego.

—¿Y eso qué quiere decir? —se rayó Natalia.

—Pues que el mundo está formado por energía que está en continua vibración: tú, yo... todos nosotros somos energía. Así que, si se utiliza un símbolo, este alcanzará más poder cuantas más personas lo utilicen.

—Sí, la cruz gamada forjó el poder de Hitler —corroboró Pablo—: llevó a todo un pueblo al fanatismo y lo condujo a cometer auténticas burradas en nombre de una raza.

—¿Crees que hay una secta en el pueblo que quiere hacerse con el poder? —se extrañó su hermano.

—Podría ser... —respondió con aire ausente.

—Entonces, ¿los consideramos sospechosos? —trató de concretar Natalia.

—Pero... ¿y la carga magnética?, ¿y el círculo del campo de béisbol? —reflexionó Diego en voz alta.

—El círculo ha desaparecido, no queda ni rastro de él —le informó su hermana.

—¡Ostras! —exclamó Javier, impactado por la noticia.

—¿Y si fueran extraterrestres que están abduciendo a la gente del pueblo? O incluso... ¿Y si los que tienen la marca fueran extraterrestres camuflados? —lanzó Diego nuevas teorías.

—Igual fue solo una maniobra del herrero para someter a Calixto, porque este va por libre —apuntó Verónica.

—Sí, una especie de lucha de poder —se animó Javier.

—¿Y si fuera Basilio Cabezas, el fantasma de la casa embrujada, el que estuviera detrás de todo esto, en venganza por lo que les hicieron los del pueblo a él y a sus hijos? —sugirió Diego.

—¡Uf, vaya lío de caso! —resopló Natalia.

—¡Y tanto! —admitió su prima—. Deberíamos apuntar todas esas nuevas teorías en el cuaderno de investigación.

Cuaderno de investigación

¿Quiénes podrían ser los autores del agroglifo y por qué?

1 **Sospechoso:** el fantasma de la casa embrujada

Teoría:
En venganza
por lo que les hicieron
los del pueblo a él
y a sus hijos.

Sospechosos: el herrero y Calixto

Teorías:

1. Pertenecen a una secta y el agroglifo es un mensaje para dominar a la gente.
2. Lo han hecho como modo de ahuyentar malas energías.
3. Quieren mandar un mensaje en código cifrado a alguien.
4. Han sido abducidos por extraterrestres.
5. Son extraterrestres.
6. Quieren preservar la naturaleza o invocarla y utilizan símbolos celtas para comunicarse con ella.

Sospechoso: el herrero

Teorías:

1. Lo ha hecho solo el herrero para someter a Calixto, porque hay dos facciones dentro de la secta y cada uno lidera una.
2. El herrero es el extraterrestre que va marcando a la gente del pueblo para conseguir algc de ellos.

Una tarde genial · 33

A partir de las cinco, toda la pandilla de adolescentes comenzó a llegar a la finca de los primos en un constante goteo. Unos, en bici; otros, en moto, como los gemelos, o Miguel, que apareció en un *quad* que causó sensación. Estaba muy cambiado, más abierto y simpático, muy seguro de sí mismo.

Era una tarde cálida y agradable, donde la naturaleza fluía con una gran ligereza, como el vuelo de las mariposas.

El aroma de los pinos, junto con el de la lavanda, proporcionaba un aire fresco y límpido al ambiente.

Las risas de los chicos, los chapuzones y los ladridos de Jazz, que corría ansioso alrededor de la piscina, convirtieron la tarde en lo que parecía la inauguración oficial de un largo y prometedor verano.

De fondo se oía el persistente runrún del tractor de Calixto, que, en vista de las molestias causadas por las avalanchas de intrusos que querían entrar en el agroglifo, había decidido poner fin por la vía rápida y segar las mieses.

Después de comprobar lo mucho que habían crecido los granos y que el tractor volvía a funcionar

dentro del sembrado, Calixto había vuelto a ser el hombre de campo apacible y amante de esa vida serena que le ofrecía la naturaleza, lo cual, a ojos de los primos, lo había eliminado rápidamente de la lista de sospechosos, a pesar de la marca de la lágrima que tenía en la sien.

En medio de toda esa algarabía, Verónica, que captaba cualquier pequeño gesto con una pasmosa rapidez, se sorprendió al descubrir una mirada de amor cómplice entre Irene y Miguel.

De inmediato pensó en Jonás, el gemelo que durante un tiempo había estado perdidamente enamorado de ella sin ser correspondido, y que ahora salía precisamente con Irene.

¿Se habría dado cuenta él también de ese tonteo entre su novia y Miguel?

A esa pregunta le siguieron otras muchas.

¿Estaría Irene poniéndole los cuernos?

¿Por qué un chico tan honesto y estupendo como Jonás no tenía suerte en el amor?

¿Y por qué ella misma, que lo hubiera tenido tan fácil con él, se había ido a enamorar de Marcos, que vivía en Inglaterra y al que apenas podía ver?

Todavía recordaba con zozobra la vez en que Jonás se había visto obligado a declararle su amor delante de su hermano, de sus primos y del propio Marcos para explicarles que los bulos que corrían por el pueblo culpándolos del robo de los corderos habían venido de una venganza de Leire, que estaba fastidiada al no ser correspondida en su amor por el gemelo. Pobre, lo mal que lo había tenido que pasar...

—Ya no estamos juntos —susurró una voz familiar casi en su nuca.

Un susurro que la sobresaltó, como si la hubieran pillado en falta.

Verónica se sonrojó al sentirse como una espía que, a su vez, está siendo espiada, y se dio la vuelta de inmediato.

Entonces se dio cuenta de lo mucho que había crecido Jonás y de lo cambiado que estaba.

Le había desaparecido esa sombra de bigotillo que tanto afeaba a los chicos; incluso su nariz parecía haberse encogido. Lo que destacaba ahora en su rostro eran sus ojos de color musgo, que parecían de un verde más intenso en contraste con su piel bronceada.

—Ah... ¿Lo habéis dejado Irene y tú? —preguntó, como si hiciera falta constatar lo que ya él había dejado claro.

En realidad, lo había dicho por decir algo, para salir de una situación que le resultaba embarazosa. Pero, justo después de formular la pregunta, le pareció que podría dar la impresión de que ella tenía un especial interés en saber más del tema.

—Sí, hace tiempo.

Esta vez, Verónica se quedó callada. Se sentía incómoda con una conversación que había provocado sin querer y que prefería que no tuviera lugar.

No quería seguir preguntando, no fuera a pensar que ella tenía el menor afán de indagar qué había pasado entre ellos, por qué lo habían dejado.

Sin embargo, Jonás parecía dispuesto a seguir dándole todo tipo de explicaciones.

–Es una chica muy maja, pero me di cuenta de que en realidad no estaba enamorado de ella...

Verónica se tensó. ¡No iría a decirle que todavía seguía estando por ella!

–... Así que me alegro de que le guste Miguel –prosiguió él.

Verónica vio el cielo abierto al encontrar una excusa para esquivar un diálogo tan comprometedor.

–¡Cómo ha cambiado Miguel! Parece otro, ¿no crees?

–Sí, es verdad, ha cambiado un montón. Antes era bastante huraño y ahora es muy sociable.

Verónica se contuvo las ganas de preguntarle si también Leire, su hermana, estaba menos arisca, por miedo a que Jonás malinterpretara su interés. A ver si iba a pensar que quería saber si seguía estando por él y si ahora a él le gustaba también ella.

Pero su primo Javier distrajo completamente su atención.

Acababa de empujar a Sonia a la piscina y, una vez los dos en el agua, había iniciado un tonteo en el que ella parecía feliz de seguirle el juego.

Jonás, al darse cuenta de dónde estaba focalizada ahora la atención de Verónica, comentó:

–También Sonia ha cambiado mucho. Habéis ejercido una buena influencia sobre ella.

–Te agradezco que pienses que hemos sido nosotros, pero yo creo que ha sido, sobre todo, por el palo de ver a su padre en la cárcel y porque ha ido al psicólogo; ella y su madre, las dos.

–Pero eso último fue gracias a vosotros.

—¿Te lo dijo ella? —preguntó sin quitarles ojo a Sonia y a su primo.

¿Habría dejado de gustarle Pablo, o tontear con Javi era solo una maniobra para llamar su atención como en otras ocasiones?

Verónica examinó al detalle la mirada y los gestos de ella. No, esta vez no parecía una estrategia. Así como en otras ocasiones sí que había visto claramente que esas eran sus intenciones, esta vez parecía contenta de meter ficha con Javier.

¿Y él? Hacía bien poco, les había confesado que le gustaba esa tal Marta y le había enviado un montón de fotos posando con el ramo que había hecho Natalia...

Verónica tenía un sentido de la lealtad que le impedía aceptar que su primo le pusiera los cuernos a esa pobre chica que creía ser única en el corazón de Javier. Y ya estaba dispuesta a echarle la bronca por la noche, cuando la fiesta hubiese acabado.

Desde luego, ella sería incapaz de engañar a Marcos con Jonás.

Al momento, ese pensamiento la intranquilizó.

¿Por qué le había venido esa comparativa a su cabeza?

¿Solo porque estaba en ese momento con Jonás?

¿O porque Jonás había estado un tiempo enamorado de ella?

De pronto, los ojos de ambos se cruzaron y Verónica notó un extraño destello que no habría sido capaz de definir, pero que la hizo sentirse incómoda.

Como atacada por una picadura mortal.

¿Tú qué crees?

¿Qué crees que va a pasar?

a) Verónica empieza a sentir algo por Jonás y se vuelve a plantear dejar a Marcos.

b) Verónica le echa la bronca a su primo por jugar a dos bandas.

c) Verónica trata de convencerse a sí misma de que no ha sentido nada por Jonás.

d) Jonás se declara a Verónica.

e) A Javi le vuelve a gustar Sonia, pero no quiere dejar a Marta por teléfono.

f) Javi niega haber tonteado con Sonia, pero Natalia los ha visto besándose.

La luna llena hace estragos ·34

Cuando despidieron a los más rezagados de la fiesta, algunas estrellas comenzaban a aparecer tímidamente en el cielo azul marino mientras la luna se preparaba, silenciosa, para lucir en su máximo esplendor.

Una luna con polisón anaranjado.

Rodeada de un halo de misterio.

Pletórica.

Una lámpara esplendorosa.

Un sol nocturno.

La luna llena era la protagonista absoluta de ese firmamento que se estaba dibujando en el cielo.

Durante unos instantes, los primos se sintieron sobrecogidos por la belleza de esa esfera naranja, tan misteriosa.

Javier fue el primero en romper el silencio.

—Ha estado genial la fiesta, ¿verdad?

—Desde luego, tú te lo has pasado bomba —insinuó Verónica, sin querer abordar todavía el tema que estaba deseando sacar. Prefería que fuera su primo quien lo hiciera.

Pero él no se dio por aludido.

—¡Pues anda que tú, que has ganado a todos en el tiro con arco! ¡No te quejarás! —exclamó él.

—Sí, yo en el tiro con arco, pero tú has sido el campeón del *tiroteo* —aprovechó que se lo ponía en bandeja.

—¿Yo? —se hizo el tonto.

—Sí, tú. No paraste de tirarle fichas a Sonia. ¿No estabas tan colado por Marta?

—Solo me divertí con ella. No pasó nada —se defendió él.

—Javi, que os vi besaros —intervino Natalia.

—¿¿¿Quééééé??? —exclamaron a una los demás.

Javier esbozó una sonrisa picarona.

—¿Y qué voy a hacer si están todas por mí?

—No sabía que teníamos un *sex symbol* en la familia —ironizó Verónica y, a continuación, le espetó—: ¿Y Marta?

—¿Qué pasa con Marta? —trató de escaquearse.

—¿No pensarás jugar a dos bandas? —le afeó su conducta su prima—. ¿Sabe Sonia que estás saliendo con otra?

—¿Y qué querías que hiciera? Para una vez que es ella la que me tira ficha...

—Javi, que tú también lo hiciste. Y por lo que ha dicho Natalia, a tope.

—La luna llena hace estragos en el amor —soltó la aludida, muy seria.

Los demás no pudieron evitar soltar una carcajada.

—¿Y tú cómo lo sabes? —le preguntó Pablo.

—Bueno, todo el mundo sabe que la luna llena es la luna de los enamorados, ¿no? Por algo el viaje de bodas se llama luna de miel —razonó ella.

—Es verdad, Natalia. Ha sido el influjo de la luna, que me ha hechizado —aprovechó Javi la coyuntura.

—¿Y se lo vas a decir a Marta? —insistió Verónica.

—Solo ha sido un desliz...

—Entonces, ¿le vas a contar a Sonia que tienes novia? —lo atornilló ella.

Quería que su primo fuera honesto, que no engañara a ninguna de las dos. Desde luego, a ella no le gustaría estar en la piel de esas chicas.

De pronto se planteó si a Marcos no le habría sucedido lo mismo alguna vez, si se habría dejado llevar...

—Verónica, deja al pobre Javi tranquilo, dale un respiro —la instó su hermano.

—Solo quiero que se ponga en la piel de ellas y piense si a él le gustaría que le hicieran algo así.

—Bueno, tú también estuviste con Jonás —la picó él.

Verónica se sonrojó al oír su nombre y al acordarse de la extraña mirada que se habían cruzado y con la que el corazón le había dado un vuelco.

¿Qué es lo que había ocurrido?

¿Había significado algo?

Ella intentaba convencerse de que había sido la mera sorpresa de descubrir a un Jonás diferente, más adulto.

Podría interpretarse incluso como un ataque de vergüenza de los suyos...

—No retuerzas las cosas a tu favor, Javi, que nos conocemos —se defendió ella—. Sabes perfectamente que nunca he tenido nada con él.

—Nunca digas «de esta agua no beberé» —le soltó él—. Ya ves lo que ha pasado con Sonia.

—El amor es impredecible —sentenció de nuevo Natalia.

Pablo y Diego intercambiaron una sonrisa. Les hacían mucha gracia las sentencias de su prima pequeña.

—Y ahora que incluso estás pensando en dejar a Marcos... —incidió Javier.

—Ya no —dijo ella, rotunda.

—¿Y eso? —quiso saber su hermano.

Verónica recordó la mirada del águila y las imágenes tan vívidas que había tenido en aquel momento de su historia con Marcos, pero prefirió guardárselo para ella.

—Calixto continúa con el tractor —dijo para cambiar el rumbo de una conversación que la incomodaba y revolvía algo en sus entrañas—. Me pregunto si habrá alguna respuesta por parte de quienes hicieron el agroglifo al verlo segado.

—¿Qué quieres decir? ¿Si habrá algún tipo de venganza? —inquirió Diego.

Verónica alzó los hombros, enigmática.

—¿Y si fuera un mensaje de la madre Tierra? —reflexionó Natalia.

—Mientras no hayamos provocado la ira de los extraterrestres... —bromeó Pablo, que cada vez estaba más convencido de que aquello obedecía a un cruce de energías terrestres, un tipo de movimiento sísmico, geológico.

—¡Ay, qué miedo! ¡Vámonos! —exclamó Natalia.

Y arrastró a sus primos al interior de la casa.

¡Natalia, corre, ven! ·35

Los niños estuvieron hablando hasta altas horas de la noche, con el runrún de fondo del tractor de Calixto.

Era la primera vez que el suceso al que se enfrentaban parecía solo de carácter paranormal, sin conexión terrenal alguna. En esta ocasión no había robos ni desapariciones. Solo un campo marcado por un agroglifo.

Por eso, los primos tenían la impresión de que podría estar conectado con el caso del fantasma de la casa embrujada.

¿Y si Basilio Cabezas no se hubiera quedado conforme con que ellos hubieran logrado probar que su muerte había sido un crimen y quería vengarse de algún modo de la gente del pueblo o darles algún tipo de mensaje?

Los cinco se fueron a la cama con esa pregunta en la cabeza.

Por la mañana, nada más abrir los contras y salir a la terraza a la que daba su cuarto, Verónica escuchó de forma muy difusa el sonido de lo que ella había calificado como la sinfonía del universo.

Unas notas peculiares, sin intervalos.

Unos instrumentos desconocidos que parecían deslizarse por el hielo de manera imprevisible a una velocidad endiablada.

Una música que te abocaba al abismo...

No necesitó más de unos segundos para saber de dónde provenía y miró hacia su derecha, donde estaba la verja de la finca...

Fue tal la impresión que se llevó que, por un instante, se quedó muda.

Pero enseguida reaccionó y llamó a su prima, que remoloneaba aún entre las sábanas.

—¡Natalia, corre, ven!

Su prima saltó de la cama y, en dos zancadas, se plantó en la terraza.

—¡Ay, qué monada, Vero! ¡Por fin los he visto! Gracias por avisarme —dijo.

Verónica, que continuaba con la vista fija en el lado opuesto a donde estaba mirando su prima, no entendió su comentario y se volvió a mirarla.

Entonces lo comprendió.

¿Podrías descubrir tú qué ha visto Natalia?

Pegados a una gran montaña de troncos que tenían apilados para la chimenea, estaba la familia de zorros de la que le había hablado a su prima quince días antes de que llegaran: una mamá con tres cachorritos.

—¡Han vuelto a salir! —musitó embobada.

—¡Qué cuquis! Son como los que tengo yo de juguete —comentó Natalia, maravillada.

Eran unas criaturitas adorables, auténticos peluches.

Se revolcaban.

Jugueteaban.

La mamá tenía el pelo rojizo y una larga cola negruzca. En cambio, el pelaje de los cachorros era de color miel, como sus ojos.

Cuando rodaban, parecían bolas de algodón recubiertas de pelo.

Resultaban hipnóticos.

Pero enseguida Verónica sacó a Natalia de su hechizo, agarrándola de un brazo y zarandeándola.

—No, mira hacia allá —le señaló el lado opuesto.

A Natalia le fastidió que la apartara de esa estampa tan tierna que la tenía embelesada, pero giró la cabeza hacia donde le indicaba su prima.

—¡Ostrís! —exclamó—. Tenemos que avisar a los chicos.

Pero no hizo falta, porque ya ellos habían abierto la contra de su cuarto, que daba a la misma terraza donde estaban ellas, y salían haciendo verdaderos esfuerzos por abrir los ojos ante el estallido de claridad que los cegaba y por sacudirse la tibia modorra que todavía los arropaba.

Diego tiene una corazonada ·36

—¡Menudas cotorras! ¡Nos habéis despertado! —les recriminó Diego frotándose los ojos.

Pero Verónica, en lugar de darle explicaciones, lo forzó a mirar en dirección a la verja.

—¡Mira allí!

A Diego, al igual que a sus primos, le costó un poco enfocar la imagen y entender qué era lo que les estaba señalando Verónica.

Fue Pablo el primero en darse cuenta de lo que ocurría.

—¡Ostras, es otro agroglifo! —exclamó obnubilado.

—¡Qué alucine! —se sumó Javier.

—Cuando lo he visto, me he quedado muerta —dijo Verónica.

—Y yo —corroboró Natalia.

—Pues imaginaos cómo se va a quedar Calixto —comentó Diego.

—¿También es suyo ese campo? —preguntó Javier.

—No, este es de Rufi. Tenemos que ir a decírselo —comentó Verónica.

–Igual ya lo ha visto –opinó Diego.

–Cojo el dron y vamos para allá –resolvió Pablo, abalanzándose hacia el ventanal para volver a entrar en el cuarto.

También Verónica agarró su móvil de pasada y los cinco bajaron los escalones de tres en tres. El último tramo, de dos saltos.

Julia, que estaba con Jazz a unos metros de la casa amontonando las ramas caídas de los chopos, al oír la algarabía, se giró hacia la puerta y vio salir a los niños en tromba y en pijama.

En un principio pensó si sería porque habían visto a los caballos e iban a darles pan, pero descartó esa opción cuando los vio correr por el camino que llevaba a la verja de entrada.

Julia corrió también, con Jazz pisándole los talones y ladrando sin parar.

Los alcanzó ya en el camino.

–¿Qué pasa? ¿Adónde vais con tanta prisa?

–Ha aparecido otro agroglifo en el campo que está enfrente de la verja, el de Rufi –le respondió Verónica sin aminorar la marcha.

Julia se quedó muy impactada por la noticia.

¿Qué diablos estaba ocurriendo allí?

Si se trataba de una broma, estaba yendo demasiado lejos.

Y si no lo era...

Los seis llegaron al sembrado con el corazón en la boca por la veloz carrera.

A Diego incluso se le había hecho un punto intercostal y le costaba respirar. Pablo hizo volar el dron por encima del agroglifo para que sacara una serie de fotos.

Mientras los demás observaban atentamente cómo planeaba el aparato, Verónica se quedó embobada mirando el cielo.

Parecía como si un vendaval hubiera arrastrado hasta allí todos los velos de las novias que se casaban ese día y se hubieran quedado prendidos en el aire.

Los había cortos, largos... Algunos incluso parecían tener algún rastro de bordado o un desgarro...

Permanecían inmóviles, como veladuras que transparentaban el azul del cielo.

Pero la ensoñación terminó cuando Pablo recuperó el dron y todos se arremolinaron para ver si se trataba o no del mismo patrón que el del sembrado de Calixto, ya que desde la terraza no se podía apreciar el dibujo.

Nada más ver la primera foto, Diego tuvo una corazonada.

Observa el agroglifo atentamente y di qué corazonada crees que ha podido tener Diego.

Dos de las figuras que había en el agroglifo, la triqueta y el trisquel, asaltaron su mente con una fundada sospecha. Pero dudó un instante si sería prudente manifestar esa suposición delante de su madre o esperar a quedarse los cinco solos.

«Seguro que ayer vio, como yo, esas figuras en la forja; ahora no le han podido pasar desapercibidas», reflexionó.

—Creo que lo ha hecho el herrero —declaró finalmente.

Los ojos de Julia se agrandaron en un gesto de sorpresa y reconocimiento.

—Es verdad que en algunos de sus enrejados aparecen estos dibujos —musitó señalándolos.

—Pero no podemos acusarlo solo por eso —decidió Verónica—. Tendríamos que comprobar si hay huellas suyas en el sembrado, o algún otro indicio. ¡Venga, vamos a ver si encontramos alguna prueba!

—Ve tú con Javi y Natalia mientras Pablo y yo vamos al otro agroglifo. Quiero investigar cómo ha quedado después de haberlo segado Calixto —decidió Diego, que tenía un presentimiento.

—Toma, tía Julia —Pablo le dio a su tía el dron para ir más libre y para que pudiera mostrarle las fotos a Rufi si conseguía dar con él.

La venganza del dios Khepri

·37

Mientras Verónica, Natalia y Javier buscaban pistas en torno al segundo agroglifo y Julia trataba de ponerse en contacto con Rufi para informarle de lo ocurrido, los otros dos corrían como posesos hacia el sembrado de Calixto.

—Diego, ¿qué pasa? ¿Por qué corremos tanto? —preguntó Pablo, que empezaba a tener flato.

—Tengo un presentimiento —contestó él, sin añadir más explicaciones.

—¿Qué presentimiento? ¿Es algo malo?

Pero esta vez Diego no respondió: se limitó a continuar su veloz carrera.

Llegaron sin aliento.

Al ver todo el campo segado y el tractor rojo de Calixto a un lado, ambos intuyeron que le había ocurrido algo y, sin pararse siquiera a coger aire, se colaron por el hueco de la valla.

Lo encontraron tirado justo en mitad del sembrado, donde había estado la marca de la lágrima, y a su alrededor montones de escarabajos peloteros, que parecían salir de debajo de las piedras.

–Es una venganza del dios Khepri –musitó Diego, terriblemente impactado.

–¿Qué dices, Diego? –preguntó Pablo, igual de impresionado.

Aunque la impresión no logró paralizarlo, y su primer impulso fue tocar a Calixto para comprobar si estaba vivo.

–¡Eh, Calixto! ¡Despierta, despierta! –comenzó a sacudirlo al ver que su pulso latía normalmente.

Calixto abrió los ojos y parpadeó unas cuantas veces antes de comprender dónde estaba.

Parecía ido, como si hubiese sufrido una conmoción.

–¿Qué diablos...? –masculló.

Por fin logró incorporarse.

Parecía muy sorprendido de ver ahí a los niños.

–¿Qué te ha pasado? ¿Estás bien? –le preguntó Diego.

Con gesto de dolor, Calixto se llevó la mano a la marca de la lágrima que tenía en la sien.

–No sé... Estaba en el tractor, segando... Recuerdo que vi como un *flash* de luz muy fuerte y... ya no recuerdo más... Creo que... debí de dormirme... Estaba soñando... Parecía un sueño tan real... Estaba... ¡en Egipto!

De pronto se percató de la cantidad de escarabajos peloteros que había en el campo.

–Estos bichos... Qué raro... En el sueño había un escarabajo grabado en una piedra y encima tenía un redondel que, de pronto, se iluminaba como si fuera el sol... Y justo entonces... aparecí aquí, con el sol dándome de lleno en los ojos... Se ve que me quedé dormido...

—Sí, debías de estar agotado —comentó Diego.

—Jamás me había sucedido tal cosa... Ya verás mi mujer cuando se entere: me dirá que ya estoy mayor para segar tantas horas seguidas... Y encima de noche... Me va a poner la cabeza como un bombo... ¡Raro es que no haya aparecido ya por aquí para ver dónde ando! Por favor, no le digáis nada. Le contaré que anoche llegué tarde, me eché un rato en el sofá para no despertarla y esta mañana temprano me vine para acabar la faena.

—Tranquilo, te guardaremos el secreto —le aseguró Pablo.

Los dos niños lo ayudaron a levantarse. Estaba tan desorientado como si lo hubieran noqueado en un combate de boxeo.

—Anda, ven a desayunar con nosotros —le propuso Diego—. Te tenemos que contar una cosa.

—Sí: ha aparecido otro agroglifo en el sembrado de Rufi —le soltó Pablo sin poder contener la noticia por más tiempo.

—¿¿¿Qué???

¿Tú qué crees?

¿Por qué imaginas que Diego ha dicho que era una venganza del dios Khepri? (Puede haber más de una respuesta correcta).

a) Porque Calixto estaba tirado justo donde anteriormente había estado la marca de la lágrima.

b) Porque pensó que Calixto estaba muerto.

c) Por los escarabajos que lo rodeaban.

d) Porque acaba de recordar algo que le ocurrió a él cuando se sintió teletransportado en el tiempo.

e) Porque el dios Khepri representa al Sol, que es quien cuida de la madre Tierra, y Calixto estaba tumbado en el suelo.

f) Porque piensa que los egipcios podrían estar relacionados con extraterrestres y estos son los autores del agroglifo.

g) Porque ha visto una mancha en el sol con forma de escarabajo.

¿Dónde he visto yo esos dibujos? ·38

Julia no conseguía contactar con Rufi, no le cogía el teléfono; de modo que se acercó caminando hasta la nave donde guardaba las pacas de paja y al aprisco contiguo donde recogía las ovejas. Así supo, por uno de sus jornaleros, que había salido al campo con el rebaño y no regresaría hasta tarde, pues se había llevado el almuerzo. Y por aquellos lares no había cobertura.

Verónica, con su vista de lince, consiguió hacer algunas fotos a las pocas huellas de ruedas que aparecían en el camino, aunque estaban bastante desdibujadas. A pesar de la tormenta de la víspera, el sol abrasador del verano había secado el camino y apenas se marcaban en la tierra.

Natalia, por su parte, había encontrado un jirón de tela de cuadros, un par de colillas, algún que otro papel y tres bolsas de plástico enredadas en las espigas.

—¡Qué guarra es la gente! ¡Qué manía de tirar basura en el campo! —refunfuñaba.

–No entréis en el agroglifo –les advirtió Verónica, con miedo a que les sucedieran hechos paranormales que no fuesen capaces de controlar–. De momento, solo vamos a rastrear el contorno.

–Pues así nos vamos a dejar muchas pistas –protestó Javier.

–Vendremos luego todos, Javi, pero hay que hacerlo con un plan muy bien pensado. Si entramos a lo loco, borraremos las posibles huellas. Además, quiero traer la lupa del abuelo para rastrear a fondo el terreno.

–¿Me queréis explicar cómo ha llegado aquí esta alpargata? –Natalia se la mostró sujetándola con asco entre el pulgar y el índice de la mano derecha.

–¡Menuda reliquia! –se rio Javier–. Esa lleva ahí siglos.

–Sí, está más tiesa que la mojama –asintió Verónica.

–¿Entonces la dejo? –preguntó Natalia.

–No. Nos la llevamos, por si acaso –decidió su prima.

Una vez finalizado el rastreo, los niños se encaminaron de nuevo a la casa, muertos de hambre.

–¡Me podría comer una barra de pan entera con una pata de jamón! –exclamó Javier.

Cuando iban a cerrar ya la verja, oyeron la voz de Julia.

–¡Eh, esperadme!

Se volvieron y la vieron correr toda sofocada, con el dron en la mano.

Cuando les contó que no iban a poder hablar con Rufi hasta la hora de comer, Javier comentó:

—Casi mejor. Así tenemos más margen para buscar pistas.

Se sorprendieron mucho al ver a Calixto desayunando en el comedor con Pablo y Diego.

Y más todavía cuando se enteraron de lo que le había sucedido.

Julia se quedó preocupada. El asunto de los agroglifos empezaba a desbordarla.

Pablo le enseñó las fotos que había hecho con el dron.

—¿Dónde he visto yo estos dibujos? —se preguntó Calixto señalando los trisqueles y las triquetas que orlaban los círculos.

—En la herrería —le informó Diego.

—¡Arrea, tienes razón!

—¿Crees que podría haberlo hecho el herrero? —inquirió Javier, sin andarse por las ramas.

—¿El qué? ¿El agroglifo ese?

Javier asintió.

—¡No, hombre, no! —exclamó él, escandalizado—. Solo es una coincidencia...

—Son símbolos celtas —le informó Diego, como si ello explicara que lo tuvieran en la lista de sospechosos.

Calixto levantó las cejas en un gesto de interrogación.

—¿Tú sabes si el herrero podría pertenecer a una secta que utilizara ese tipo de símbolos? —le preguntó Natalia, yendo un paso más allá que sus primos.

El agricultor estalló en una sonora carcajada mientras repetía:

—Una secta... Ja, ja, ja... Una secta...

Los niños no le quitaban ojo, escudriñando cada gesto que hacía, por si estuviera tratando de disimular y en realidad supiera más de lo que aparentaba.

—Aquí lo único que hay son peñas: la Cebollera, la Cuba... Pero hoy en día, a la gente le gusta tatuarse esos símbolos o ponerlos en las verjas de sus casas.

—Sí, es verdad: la simbología celta se ha puesto muy de moda —corroboró Julia.

A Natalia le hubiera gustado preguntarle si le sonaban la alpargata que habían encontrado o el jirón

de tela, que parecía haber pertenecido a una camisa de cuadros; pero, después de su reacción anterior, optó por callarse.

Una vez que Calixto se hubo marchado, Verónica les mostró las fotografías con las borrosas huellas de ruedas, y tanto estas como el resto de vestigios que habían encontrado fueron sometidos a un minucioso escrutinio con la lupa del abuelo.

Fíjate bien en estas pistas, por si pudieran ayudar a los primos a dar con el autor del agroglifo.

La venganza de Tutankamón

·39

A Julia no le hacía ninguna gracia que quisieran regresar al agroglifo, pero los niños la convencieron de que no les iba a pasar nada.

—¡Pero, mamá, si estamos a un paso de casa! —argumentó Diego—. Mira: si ves que no regresamos, vienes a buscarnos y listo. Te dejamos a Jazz, porque no queremos que se ponga a escarbar ahí; ya sabes que le encanta.

Por el camino, Pablo le lanzó a Diego la pregunta que le había venido quemando la lengua y que no le había podido hacer debido a la presencia del agricultor:

—¿Por qué, cuando descubrimos a Calixto tendido en medio del campo, dijiste que era la maldición del dios Khepri?

—¿¡La maldición del dios Khepri!? —repitió Verónica, entre asombrada y temerosa.

—Es que, al verlo ahí tirado y rodeado de escarabajos peloteros que salían de debajo de las piedras, se me vino a la cabeza la maldición que está escrita en los jeroglíficos de la tumba de Tutankamón: «La muerte vendrá con alas ligeras sobre el que se atreva a violar esta tumba». ¡Y ya van veinticinco personas que han muerto por esa razón!

–¡Ostras! ¡Qué mal rollo! –exclamó Javier.

–El primero que murió, junto con su perro, fue un lord inglés que descubrió la tumba. Al parecer, en el momento de su muerte, las luces de Egipto se apagaron y así permanecieron durante veinte minutos. Y lo mismo pasó con todos los que después han hecho estudios sobre la momia. Uno se suicidó y dejó una carta en la que decía que su hijo había muerto por culpa de la maldición.

–¡Qué horror! –exclamó Natalia.

–El director del museo egipcio soñó que moriría si los tesoros salían del país para ser expuestos. ¡Y murió a los tres meses en un accidente de automóvil! También un oficial egipcio que se rio de la maldición...

–Entonces, ¿crees que haber segado el agroglifo puede ser una venganza del dios Khepri? –inquirió Verónica, preocupada.

–Bueno... No lo sé... Al ver a Calixto desplomado justo en el lugar donde estaba la marca de la lágrima y rodeado de escarabajos peloteros... Ya sabéis que así era como representaban los egipcios al dios Khepri, el sol naciente, que significaba la resurrección.

–¿Y si el agroglifo fuera un mensaje de la Pachamama? El sol hace crecer los cultivos... –reflexionó Natalia en voz alta–. Igual tienes razón, Diego: podría ser una especie de advertencia...

–Tenemos que evitar, entonces, que Rufi siegue el suyo; no le vaya a pasar algo –decidió Verónica.

–Pues como no le rajemos las ruedas al tractor... –opinó Diego–. Si no lo siega, no tiene paja para las ovejas ni puede vender el grano. Y te aseguro que, conociéndolo, se va a reír en nuestra cara si le contamos lo de la maldición.

–Pero si le decimos lo que le ha pasado a Calixto, seguro que él mismo decide no segarlo –opinó Javier.

–No podemos contarlo –replicó Pablo–. Le prometimos guardar el secreto para que no se enterase su mujer.

–Pero no se lo vamos a decir a su mujer, solo a Rufi –intervino Natalia.

–Huy, Natalia. Ya sabes lo que pasa: Rufi se lo cuenta a otro, ese otro a otro... Y al final llega a oídos de Mª José, fijo –le aseguró Verónica.

–Igual a Rufi no le ocurre nada: él no tiene la marca de la lágrima; en cambio, Calixto sí –opinó Pablo.

–¿Y tú crees que está relacionado con eso? –se interesó Verónica.

–Hombre, no lo sé... Pero, cuando se incorporó, lo primero que hizo fue llevarse ahí la mano con gesto de dolor. ¿A que sí, Diego?

Su primo afirmó con la cabeza, pensativo, y añadió:

–¿No os parece curioso que los dos nos hayamos teletransportado al antiguo Egipto justo cuando estábamos en el epicentro del agroglifo? Yo también vi la imagen del escarabajo grabada en una piedra y cómo el círculo que sujetaba con las patas delanteras se iluminaba y se convertía en sol... ¡Me parece mucha coincidencia!

—¿Pero tú estás seguro de haberte teletransportado? De verdad que me cuesta creerlo... —razonó Pablo, pero luego añadió—: Aunque tengo que admitir que es una coincidencia curiosa...

—Estoy intentando recordar si vi la marca de la lágrima en la piedra en la que estaba el escarabajo, pero no soy capaz de visualizarla —musitó Diego con aire ausente.

—Además, es muy raro que viajarais hasta Egipto, cuando los dibujos de las grecas que había en uno de los círculos eran griegos; y luego estaba la estrella de cinco puntas... —añadió Pablo, meditabundo.

—Rarísimo —corroboró Verónica—. Y nada tiene que ver con nada. Porque... ¿cuál es la relación entre los celtas, los egipcios y los griegos?

—Todas esas civilizaciones tienen elementos comunes —respondió Diego—. Las tres veneraban la naturaleza, la consideraban sagrada. Los celtas adoraban a los árboles porque, para ellos, poseían un alma. El roble era un árbol sagrado y el druida de la tribu hacía distintos rituales para entrar en contacto con la divinidad... Los egipcios creían que los cadáveres eran la frontera entre el mundo de los vivos y de los muertos; por eso los embalsamaban y realizaban tantos rituales, e incluso pensaban que estos podían ponerse en contacto con los vivos a través de los sueños... Igual es eso lo que han querido hacer con Calixto y conmigo...

—Sí, todas esas culturas han dejado un rastro y, de algún modo, sus átomos continúan aún presentes —asintió Pablo—. Igual hay una interconexión que desconocemos, un punto común que se nos escapa...

—No sé... Todo esto es un lío, pero... ¡ni se os ocurra poner un pie en la marca de la lágrima cuando entremos en el agroglifo! —les advirtió Verónica—. Ya habéis visto lo peligroso que es.

—¡Qué poco espíritu aventurero! —la picó Javier.

—¡Javi, con eso no se juega! Júrame que no vas a entrar —dijo ella, muy seria.

—Que era una broma, mujeriña. ¡Venga, entremos a buscar pistas! —los alentó, enarbolando la enorme brújula de bronce del abuelo. Se sentía Indiana Jones.

—¡Esperad un momento! —exclamó Pablo—. Se me ha ocurrido algo relacionado con la refracción de la luz.

—Uf, ya nos va a soltar uno de sus rollos —resopló su hermano.

—No, voy a hacer un experimento que podría demostrar el origen del agroglifo —replicó él.

Y sin más explicaciones, sacó tres globos de la mochila, uno rojo, otro azul y el último blanco, y los repartió para que los hincharan.

—¿Vamos a celebrar un cumpleaños? —preguntó Natalia, extrañada.

—¡Qué puntazo, prima! —se rio Javier.

Experimento con luz y globos

Materiales

- Globos de distintos colores y uno blanco
- Una lupa
- Una lámpara o la luz solar

Paso a paso

1. Colocar en el suelo un globo de color hinchado y poner la lupa encima sin que lo toque.

2. Situar el foco de la luz (natural o artificial) encima de la lupa.

3. El globo estallará enseguida.

4. Repetir la operación con otros globos de diferente colores. Volverá a ocurrir lo mismo.

5. Hacerlo con el globo blanco y comprobar que este no estalla.

El laberinto · 40

Javier parecía sumamente sorprendido por el experimento que había realizado su hermano.

—¡Hala! ¿Y por qué el globo blanco no ha estallado?

—Espera y verás —respondió Pablo, satisfecho de haber logrado intrigarlo.

Y sin más, sacó de la mochila un rotulador negro y pintó un redondel de unos cinco centímetros de diámetro en el globo blanco. Luego enfocó justo ahí la lupa de modo que pasaran los rayos del sol a través de ella.

El globo no tardó ni dos segundos en estallar.

—¡Qué pasote, chaval! —exclamó Javier, entusiasmado con el experimento.

—El color negro absorbe toda la luz; por eso estalla enseguida —les explicó Pablo—. Los demás colores absorben solo la luz asociada a su color, pero, como habéis visto, también acaban reventando al calentarse. En cambio, el blanco reflecta la luz, la rebota hacia fuera, no la absorbe, y por eso no estalla.

—Entonces, ¿crees que ha podido ser el sol el causante del agroglifo? —le preguntó Diego.

—Se me ocurre pensar que los rayos gamma producidos por el sol, que normalmente no llegan a la superficie terrestre, hayan podido alcanzarla por algún motivo y provocar este efecto en los sembrados —masculló él.

—¿Qué son los rayos gamma? —se interesó Natalia.

—Son unos rayos potentísimos que producen energía radiactiva, como la nuclear.

—¡Venga, dejaos de elucubraciones! ¡Vamos a buscar pistas! —decidió Javier, ya a cuatro patas y enfocando la lupa por diferentes sitios.

Los cinco juntos fueron avanzando desde el exterior hacia el interior del agroglifo. Pasaron por las triquetas, luego por los trisqueles. Después escogieron un sendero y siguieron avanzando. El camino desembocaba en una gran pared de altas espigas que les impedía ver lo que había más allá.

—Aquí termina este sendero, no llega hasta el centro del agroglifo. ¿Damos marcha atrás? —preguntó Pablo.

—¡Uf, vamos a tardar un montón si intentamos llegar al centro siguiendo los caminos! ¡Me parece que estamos dentro del laberinto! —razonó Natalia.

—Sí, mejor pasamos de seguir los senderos y atravesamos la zona de espigas —exclamó Javier, deseoso de llegar cuanto antes.

Y sin más, intentó, en efecto, poner el pie en el terreno que había justo enfrente de él.

Pero no fue capaz.

En ese momento sintió terror.

—No puedo —musitó.

—¿Por qué? —preguntó Diego, sin entender nada.

—Es como si un muro invisible me impidiera avanzar. De verdad, intentadlo vosotros.

Los cuatro trataron de atravesar las espigas, pero, efectivamente, les fue imposible.

—Volvamos sobre nuestros pasos —propuso Verónica—. Está claro que para llegar al centro del laberinto tenemos que seguir un camino que conduzca hasta él. No valen los atajos.

Así que regresaron por donde habían venido y escogieron otro camino que los condujera hacia el interior, pero les sucedió lo mismo. Lo intentaron repetidas veces, y al final siempre se topaban con esas barreras que no podían ver ni atravesar, incluso aunque trataran de colarse entre las espigas.

Al cabo de un tiempo, que se les antojó larguísimo, ya que ni el móvil de Verónica ni el de Javier funcionaban dentro del agroglifo, se dieron cuenta de algo aterrador.

Estaban atrapados.

Por más vueltas que daban, no eran capaces de llegar al centro del laberinto.

¡Pero es que ahora ni siquiera sabían cómo salir de él!

¿Podrías ayudar a los primos a encontrar la salida del laberinto?

—¡Esto es de locos! —exclamó Javier, desesperado.

—A ver... Vamos a pensar un poco —sugirió Verónica—. ¿Por dónde hemos entrado? ¿Alguien lo sabe?

—Pablo, tú siempre te orientas muy bien —le dijo Diego.

—Sí, pero con tantas vueltas como hemos dado... Si fuera de noche, podría guiarme por las estrellas, pero es que ni siquiera hay nubes...

En ese momento, Verónica se dio cuenta de que todos los velos de novia habían desaparecido del cielo y, como decía su primo, era una masa de color celeste que no ofrecía ninguna información.

—Diego, ¿crees que es la venganza del dios Khepri? —le preguntó Natalia, aguantándose las ganas de llorar.

—No... no te preocupes, Natalia. Seguro que no es ninguna venganza —respondió él, intentando infundirle calma.

—Mirad a ver si hay algún escarabajo —sugirió Verónica, pues también ella había barajado esa posibilidad.

—¿Y si nos quedamos aquí atrapados para siempre? —insistió Natalia.

—Si mi madre ve que no regresamos, vendrá a buscarnos —la tranquilizó Diego.

—¿Y si también ella se queda atrapada? —se agobió la pequeña.

—No te preocupes, Natalia. Seguro que vendrá gritando nuestros nombres. Así que, antes de que entre, le diremos que no lo haga, que vaya a buscar ayuda —respondió Verónica.

Eso los dejó algo más tranquilos a todos.

Y volvieron a intentar buscar la salida.

–Tenemos que hacer como Pulgarcito para saber por dónde hemos pasado ya: ir dejando miguitas –sugirió Diego.

–Pero no tenemos pan –musitó Natalia.

–Además, se las comerían los pájaros –añadió Javier.

–Tenemos los globos de Pablo –discurrió Verónica.

Los demás aplaudieron su idea.

Pablo repartió varios globos de colores y les dijo:

–Tenéis que hincharlos a tope. Cuanto más los hinchéis, en más trozos se romperán al pincharlos.

Así lo hicieron los niños y, muy contentos, se dispusieron a ir marcando con ellos los senderos por los que iban.

Pero ni siquiera con ese truco fueron capaces de llegar a ninguno de los extremos del laberinto: ni a la entrada ni a la salida.

–¡Esto es una ratonera! –exclamó Javier, furioso.

–¡Imposible salir de este maldito laberinto! –corroboró Verónica, al borde de la desesperación.

–No podemos darnos por vencidos –masculló Diego.

–¿Y si invocamos a la Pachamama para que nos ayude? –sugirió Natalia.

Pablo no dijo nada. Tenía la cabeza ladeada, como si le pesara mucho de tanto pensar.

¿Tú qué crees?

¿Tú qué piensas que va a suceder?
(Puede ser más de una opción).

a) Los niños se ponen a gritar como locos, pero tienen la sensación de que sus gritos no salen del laberinto y nadie de fuera puede oírlos.

b) Los templarios ayudan a los niños a encontrar el camino.

c) Cinco águilas descienden hasta ellos y se los llevan volando lejos de ahí.

d) Los niños invocan a la Pachamama y las espigas comienzan a doblarse a su paso.

e) Al llegar al centro del laberinto, cada primo va a parar a una civilización diferente.

f) Julia decide entrar con el todoterreno en el agroglifo para rescatar a los niños, pero el motor se para nada más pisarlo.

¿Dónde estamos? • 41

De súbito, una suerte de neblina envolvió el sembrado y el cielo se tornó blanquecino.

Los niños sintieron un escalofrío que les recorrió la espalda como una culebra de río.

Y ante sus asombrados ojos surgió la procesión de templarios que se les había aparecido por primera vez en El Navego.

Caminaban delante de ellos como si flotaran.

Por un instante, los cinco primos se quedaron paralizados por el miedo.

Recordaron la cueva que habían descubierto debajo de la ermita y los prodigios de los que habían sido allí testigos: el suelo que se había abierto a sus pies al poner en contacto la piedra con la marca de la lágrima y la que había grabada en el piso junto a la cruz de Malta; el cofre en el que se entrechocaban con un ligero tembleque una colección de frascos de cristal finísimo; la cascada de monedas de oro que subía y bajaba al abrirse la tapa del arcón; la calavera donde encontraron el rollo de legajos escritos con tinta invisible...

Verónica rememoró la figura del pentágono con la estrella que habían descubierto en aquella cueva, entre otros símbolos templarios, y la relacionó de inmediato con la del primer agroglifo...

¡Claro! ¡Eran ellos los autores! ¿Cómo no habían caído antes?

Pero... ¿para qué habían venido esta vez?

¿Y para qué habían hecho los agroglifos?

¿Tendrían la intención de ayudarlos o, por el contrario, querrían vengarse de ellos por haber aconsejado a Calixto que segara el agroglifo?

Y en ese caso, ¿cuál sería la venganza? ¿Llevárselos consigo al otro mundo?

El último de la fila se volvió hacia ellos y les hizo un gesto con la mano para que los siguieran.

Un gesto amable.

Tranquilizador.

Animoso.

¿Acaso no los habían ayudado en otra ocasión a encontrar los ángeles del retablo?

¿Por qué querrían ahora hacerles daño?

Los templarios se dedicaban a ayudar y proteger a los peregrinos que viajaban a tierras santas... Y el laberinto era uno de sus símbolos...

Los cinco primos se dispusieron a caminar tras ellos cual mansos corderos, como si les hubieran infundido una gran confianza.

Pablo comprobó decepcionado que esta vez Jimena, esa niña de espectacular belleza que le había robado el corazón, no iba con ellos.

Para cuando se quisieron dar cuenta, los templarios habían desaparecido.

—¿Dónde estamos? —preguntaron al unísono los cinco primos.

Pero enseguida cada uno de ellos pudo comprobar que estaba solo en el lugar donde se encontraba, que faltaban los otros cuatro.

Natalia se hallaba en un bosque, rodeada de hogueras.

Inmensas ruedas de fuego, hechas de ramas y troncos, rodaban montaña abajo hacia un lago, donde una luna de color plata se mecía serena en un espejo azabache.

El olor de la lavanda y la salvia impregnaban el aire.

Muchachas y muchachos adornados con guirnaldas de flores bailaban y cantaban alegremente.

—¡Es Litha! ¡Es Litha! La fiesta del Sol. El día más largo del año —gritaban.

Natalia contemplaba fascinada aquella fiesta mágica a la que había ido a parar.

Hasta que un venerable anciano de larga barba y pelo del color de la nieve, vestido con una túnica también blanca, comenzó a caminar hacia ella.

Natalia, atemorizada, dio un paso hacia atrás y se topó con la gruesa corteza de un tronco de considerable anchura.

Entonces se fijó en el trisquel que llevaba el hombre colgado del cuello y en el bastón dorado que sujetaba en su mano, y supo que era un druida.

Eso la tranquilizó bastante. Así como la amplia sonrisa que se había dibujado en el rostro del anciano.

Sus ojos resplandecían como dos zafiros que emanaban chispitas azules.

—¡Oh, sagrado roble, que nos has bendecido con esta niña llegada del mundo de las hadas! Una diosa amante de la naturaleza...

El druida contemplaba a Natalia con auténtica veneración, como si fuera la flor más delicada que jamás hubiera visto.

Ella, por su parte, lo observaba a él con cierto recelo todavía, a la vez que asombrada por sus palabras.

—Cortaré para ti el muérdago sagrado que se enrosca entre las ramas de este roble divino, para que guíe siempre tu camino, para que la naturaleza te sea siempre revelada, para que te dé el valor y la fuerza necesarios para tu misión.

Natalia se quedó de piedra.

¿Cómo sabía él que tenía una misión?

Fíjate bien en los detalles de esta escena
y adivina a qué civilización ha ido a parar Natalia.

Todo está relacionado con todo

·42

Los destellos del sol centelleaban en las aguas turquesas de un mar en calma e iluminaban con una luz fulgurante el poblado de casas de piedra y techos planos que surgía de entre las rocas.

A Pablo le sorprendió esa luminosidad que parecía bañarlo todo.

El aire estaba impregnado de mar.

Olía a mar.

Sabía a mar.

En una de las rocas había un hombre cuya presencia le resultaba conocida.

Pablo se aproximó a él para poder observarlo de cerca.

Tenía el rostro alargado, una barba larga, ojos inquisitivos y una nariz bien dibujada. Se cubría la cabeza con un gorro de tela y entre sus manos sujetaba una pirámide.

Enseguida lo identificó con un dibujo que había en su libro de Matemáticas: ¡era Pitágoras!

Pablo se quedó embobado, observándolo sin dar crédito a lo que veía.

En su cabeza surgían cientos de preguntas que le hubiera gustado hacerle, pero su garganta permanecía muda, como si los sonidos se apelotonaran en ella y se neutralizaran.

—El comienzo de la sabiduría es el silencio —declaró el propio Pitágoras.

Pablo quería informarle de que él pertenecía a otro tiempo, venía del futuro; por eso se quedó bocas cuando lo oyó decir:

—Nada perece en el universo; todo cuanto acontece en él no pasa de meras transformaciones. Su origen es un todo. Todo está relacionado con todo...

En ese instante, los reflejos de la luz del sol comenzaron a ondularse de modo que las casas, las rocas y el mar oscilaron en un suave balanceo, como si los acunaran.

El mismo Pablo sintió que sus sentidos se adormecían con ese dulce vaivén.

Se acordó de las veces que se había quedado dormido en el balancín de su abuela contemplando el agua turquesa de la piscina...

El tacto tosco y un poco áspero de la loneta azul marino rozando su cara, los inmensos plátanos junto a la pista de tenis que se desdibujaban, los nísperos que se convertían en manchas de color naranja en el frondoso árbol hasta desaparecer de sus ojos...

Mientras, a miles de kilómetros de allí, Verónica trataba de identificar el lugar donde se encontraba y por qué flotaba en el aire.

Bajo ella se extendía un inmenso desierto con unas figuras de colosales proporciones dibujadas en la arena: un mono, una araña, un pájaro, un... ¿extraterrestre que salía del dibujo?...

Pero de súbito se vio arrastrada por una potente ráfaga de viento a una montaña, también desértica, donde había dibujado un...

¿Candelabro gigante?

¿Árbol?

¿Cactus?

Verónica descendió varios metros de golpe.

Y sintió un pavoroso vértigo.

Exactamente igual que la única vez que se había montado en la lanzadera. Ese tremendo vacío en el estómago...

No le gustaba ese tipo de atracciones. Era como si se le escapara el cuerpo. Enseguida, esa vertiginosa impresión fue desbancada por algo que atrajo poderosamente su atención y que también había visto en el desierto anterior...

Le hubiera gustado poder examinarlo más de cerca, pero...

Ahora se encontraba al pie de una pirámide maya de colosales proporciones, desde donde la observaba el dios Tláloc.

Una estatua de piedra imponente.

Además, había una pequeña réplica de él en cada uno de los escalones de la pirámide.

Verónica se sintió sobrecogida.

Pero antes de que su cabeza pudiera imaginar nada, los ojos de Tláloc comenzaron a girar como dos caleidoscopios. Parecían estar enviándole un mensaje directamente a su mente. Y de pronto, todo a su alrededor se iluminó como un fascinante paraíso, un auténtico edén.

Numerosas cascadas que confluían en un espectacular lago azul refulgían entre una espesa y colorida vegetación.

Había árboles con flores de todos los colores y frutos muy olorosos de lo más apetecible.

Unos pájaros de vistoso plumaje los sobrevolaban y se posaban en ellos entonando armoniosos cantos.

Era un lugar fascinante que invitaba a quedarte en él para siempre...

Por su parte, Diego se sentía en ese momento muy pequeño frente al formidable templo de Seti en Egipto, dedicado al dios Osiris.

Sus ojos se posaron de inmediato en unos asombrosos bajorrelieves donde aparecían esculpidos, entre otras cosas, un helicóptero, un submarino y una nave espacial.

Diego se quedó alucinado. ¿Cómo era posible que los egipcios hubieran podido dibujar algo que no existiría hasta muchos siglos después?

Pero otro símbolo lo distrajo. ¿No era eso...?

Entonces vio la figura de Osiris.

Estaba sentado en un trono muy simple, la cara pintada de verde, con una gran corona en forma de cono adornada con plumas de avestruz y envuelto en un sudario. Tenía un aspecto imponente.

Diego sabía que era una divinidad de buen corazón, que se apiadaba de los seres humanos.

Representaba la justicia y la verdad frente al caos.

Era la espiga de trigo que renacía en la estación fecunda y moría en la seca...

Dentro de Diego resonaron las siguientes palabras: «Homenaje a ti, oh, Osiris, el que está al frente de los occidentales. Puedes estar complacido conmigo en este día; puedes alejar mis obstáculos; puedes acudir cuando te llamo; puedes acudir cuando te hablo en este hermoso día».

¿Por qué brotaba de él esa suerte de oración?

¿Dónde la había escuchado o leído antes?

De detrás del templo surgió una esfera dorada que enseguida salió disparada y se perdió en el cielo.

¿Tú qué crees?

¿Qué crees que les ha ocurrido a los niños?

a) Los templarios les han dado una pócima y están soñando.

b) El cruce de las líneas Hartmann, junto con la tremenda carga de energía magnética del epicentro del agroglifo, los ha teletransportado en el tiempo y en el espacio.

c) Han sido objeto de la «inquietante acción a distancia», un fenómeno de la mecánica cuántica.

d) Los templarios los han llevado a un viaje iniciático para que pudieran descifrar los mensajes de los agroglifos.

e) Se ha producido un extraño fenómeno geofísico y ya no pueden regresar.

¿Dónde está Javi? · 43

Verónica, Natalia, Pablo y Diego se miraron con extrañeza, como si les costara comprender por qué estaban juntos de nuevo y dónde se encontraban.

Sí, estaban de nuevo en el agroglifo.

Pero ¿cómo habían llegado hasta ahí?

–¡Vais a flipar con lo que me ha pasado! He vuelto a Egipto –les informó Diego.

–Y yo he estado con Pitágoras –musitó Pablo, como si él mismo no pudiera creer lo que le acababa de suceder.

–¿De verdad? Pues yo he ido a parar a una fiesta de los antiguos celtas y el druida me ha dado esta rama de muérdago sagrado –Natalia se la mostró, alucinada por la experiencia que había vivido, y de la que poseía una prueba innegable–. Se pensaba que yo venía del mundo de las hadas. Todavía estoy flipando.

Verónica iba a contar también sus extraordinarias vivencias cuando se dio cuenta de que faltaba uno de los primos.

—¿Dónde está Javi? —preguntó.

—Seguro que se ha escondido para darnos un susto —respondió Pablo.

—Sí, típico de él —asintió Diego.

Pero Verónica, a la que nada se le pasaba por alto, acababa de descubrir algo que le heló la sangre.

—Mirad esos... huesos...

Todos los ojos se concentraron en el lugar del suelo donde ella estaba señalando.

Efectivamente, ahí había unos cuantos huesos blanquecinos.

—Seguro que son de algún animal —declaró Diego.

—¿Y cómo podemos saberlo? —masculló Natalia con voz temblorosa. El hecho de que Javier no hubiera regresado del extraño viaje que habían hecho todos y, en cambio, hubiera un puñado de huesos le daba mala espina.

Diego recogió los dos más largos y los hizo entrechocar uno con otro.

—¿Qué haces? —le preguntó su hermana, horrorizada.

—Sí, son de un animal —ratificó él.

—¿Por qué lo sabes? —se asombró Verónica esta vez.

—Por el sonido. Los huesos de los animales son más densos que los humanos y pesan más; por eso hacen este sonido como metálico, ¿no oyes? Los nuestros producirían un sonido más apagado. Lo vi en un vídeo donde explicaban cómo identificar los restos arqueológicos.

—Y eso que los huesos humanos son cinco veces más resistentes que el acero —se asombró Pablo—. Uno del tamaño de un móvil puede soportar hasta trece mil kilos de peso.

–¡Ostrís! –exclamó Natalia palpándose los huesos del brazo, impresionada por el dato.

Diego depositó en el suelo los dos huesos y recogió el que era más grande, muy diferente a los otros.

–Esto es la pelvis –sentenció.

–¿Dónde está la pelvis? –preguntó Natalia.

–Es la parte baja del tronco, la de las posaderas –se las señaló Diego–. Y no hay duda de que pertenece a un animal, porque es más plana. La nuestra es cóncava, como un tazón. Seguro que esta es de una oveja o de un perro.

–Bueno, pues entonces vamos a buscar a Javi –decidió Verónica, algo más tranquila por las explicaciones de su hermano.

–Pero, Verónica –la detuvo su prima–. Si ni siquiera sabemos dónde estamos... ¿cómo vamos a encontrarlo?

–Sí que lo sabemos –murmuró Pablo–: estamos justo en el epicentro del laberinto, donde nos dejaron los templarios antes de que iniciáramos nuestros respectivos viajes. Mirad.

Pablo señaló con el dedo el suelo y Verónica enseguida entendió a qué se refería.

–¡Es verdad! ¡Ahí está la marca de la lágrima!

Los cinco primos observaron el lugar que ambos habían señalado.

–¡Ahí va! –exclamó Diego–. Por eso hemos hecho esos viajes. Como me pasó a mí en el otro agroglifo. Justo aquí es donde se concentra toda la energía.

—Vale, ¿y cómo vamos a buscar a Javi, si está aún en su viaje? —replicó Natalia.

—Igual él ha aterrizado en otra parte, fuera del agroglifo —sugirió su prima.

—Pero, para salir, tenemos que volver a pasar por el laberinto. ¿Y si nos volvemos a quedar atrapados en él? —reflexionó Natalia, temerosa.

—¡Tienes razón! —exclamó Diego—. Si no hubiera sido por los templarios, aún seguiríamos por ahí perdidos.

—Pero no podemos quedarnos aquí para siempre. Tenemos que arriesgarnos —opinó Pablo.

—¿Y si Javier, por la razón que sea, se ha retrasado más que nosotros y, cuando llegue, no nos encuentra? Deberíamos esperarlo un poco más —propuso Verónica.

Los demás estuvieron de acuerdo. Y ella se alegró de poder contarles al fin en qué lugares había estado y, sobre todo, lo que había descubierto.

Lo hizo en voz baja, como si alguien aparte de sus primos pudiera escucharla.

—He visto la marca de la lágrima en tres sitios diferentes —susurró.

Y a continuación les detalló con pelos y señales, como le gustaba a ella, su increíble experiencia.

Los otros tres la escucharon sin pestañear, haciéndose una composición de la escena casi tan perfecta como si ellos mismos la estuvieran viviendo en ese momento.

Su hermano enseguida identificó, por los datos que les iba dando, los tres lugares en los que había estado: Nazca y Paracas en Perú y Tenochtitlán en México.

–Es curioso que cada uno de nosotros haya ido a parar a una civilización distinta. Me pregunto si hay alguna razón... –reflexionó Verónica al finalizar su relato.

Pablo, recogiendo el pensamiento de su prima, sacó el cuaderno de investigación y se dispuso a reflejar de manera muy gráfica las vivencias de cada uno.

Cuaderno de investigación

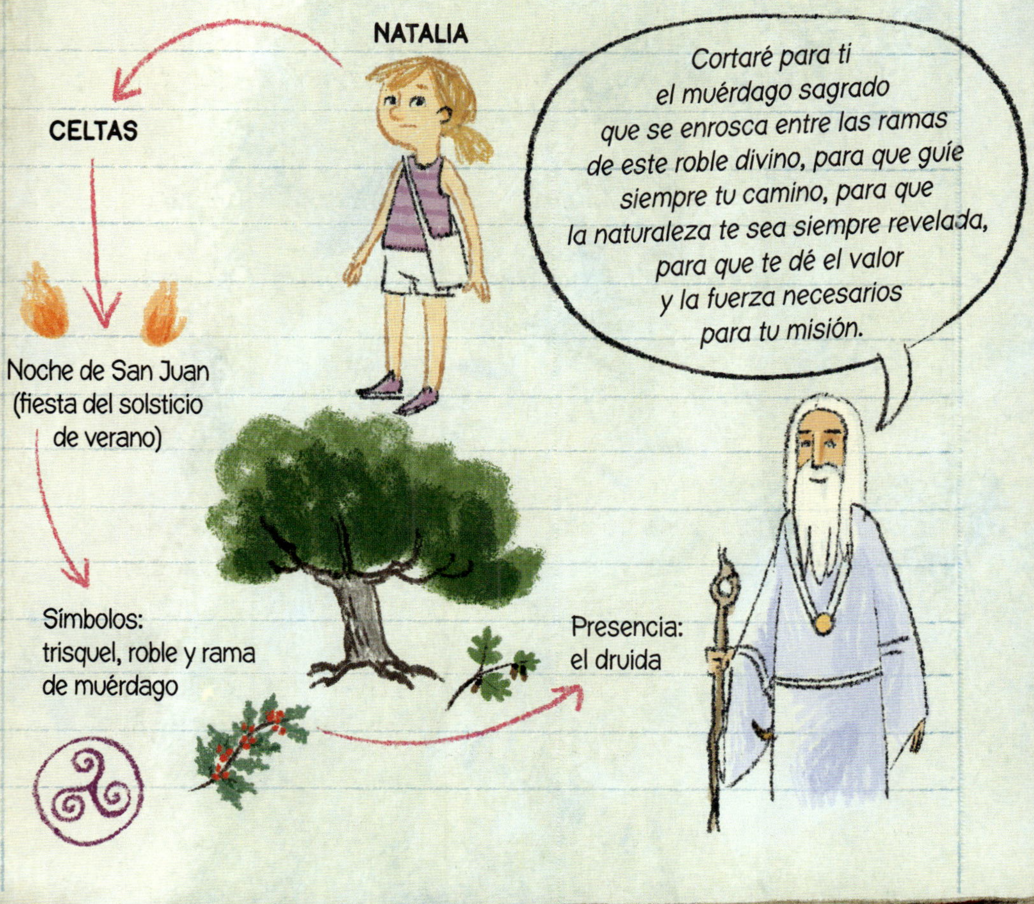

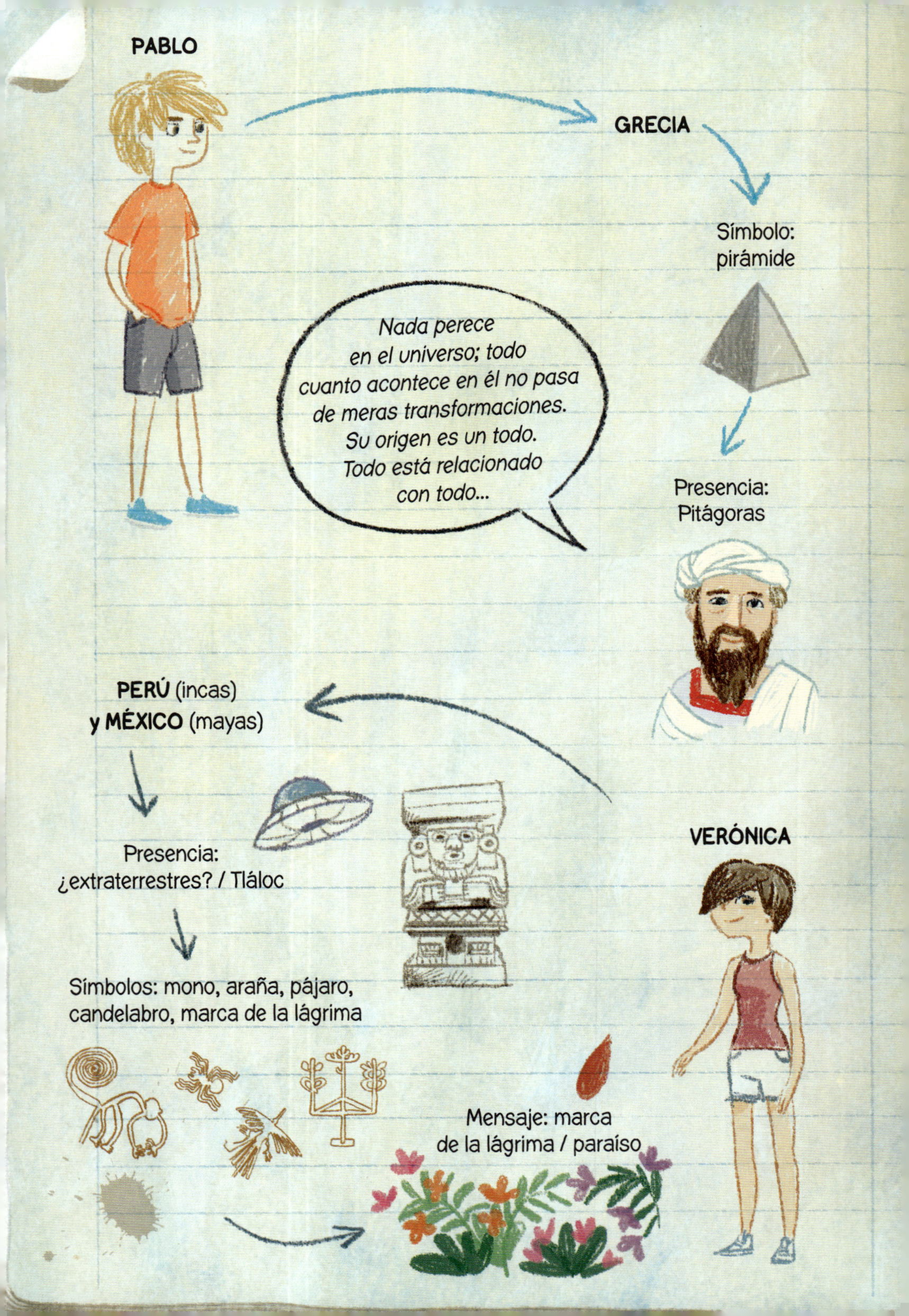
PABLO
GRECIA
Símbolo:
pirámide
Nada perece en el universo; todo cuanto acontece en él no pasa de meras transformaciones. Su origen es un todo. Todo está relacionado con todo...
Presencia:
Pitágoras
PERÚ (incas)
y MÉXICO (mayas)
Presencia:
¿extraterrestres? / Tláloc
Símbolos: mono, araña, pájaro,
candelabro, marca de la lágrima
VERÓNICA
Mensaje: marca
de la lágrima / paraíso

DIEGO
Homenaje a ti,
oh Osiris, el que está
al frente de los occidentales.
Puedes estar complacido
conmigo en este día;
puedes alejar mis obstáculos;
puedes acudir cuando te llamo;
puedes acudir cuando te hablo
en este hermoso día.
EGIPTO
Símbolos:
helicóptero
submarino
nave espacial
Presencia:
Osiris
Mensaje
disco dorado
volador (OVNI)

—Creo que la frase de Pitágoras lo explica todo —concluyó Pablo—. La física cuántica culmina el proceso de la ciencia iniciado en la Grecia clásica. ¿Sabéis que, según los experimentos hechos a partir de ella, podríamos incluso estar viviendo en un mundo paralelo? ¿O que podríamos ser el efecto espejo de otra dimensión, de otras civilizaciones?

Los otros permanecieron en silencio, tratando de asimilar aquello tan enigmático y tan asombroso que les estaba diciendo su primo.

—Eso encajaría con las experiencias que acabamos de vivir —asintió Diego—. Pero ¿cuál sería el mensaje que están tratando de darnos? Si es que alguien nos está lanzando alguno... Por una parte, tenemos la presencia de la fertilidad de la naturaleza: los celtas, el paraíso del dios Tláloc, el dios Osiris... Y por otra, antiguas civilizaciones relacionadas de algún modo con alienígenas...

—Pues está bien claro: los extraterrestres quieren que aprendamos a cuidar la naturaleza como hacían las antiguas civilizaciones y nos lo han transmitido por medio de los agroglifos —concluyó Natalia.

Sus primos la contemplaron con la boca abierta.

La peque del grupo siempre conseguía sorprenderlos por su rapidez intuitiva.

Sin embargo, interiormente ellos tres se mostraban reacios a simplificar todo lo vivido como lo había hecho ella.

Máxime cuando Javier seguía sin aparecer.

Jazz entra en acción •44

Dentro del agroglifo, el tiempo era inexistente.

Los niños no sabían cuánto rato llevaban ahí.

Lo mismo podían haber transcurrido horas que días, o toda una vida.

Pero, como Javier no aparecía, estuvieron de acuerdo en que tenían que salir de allí y arriesgarse a volver a quedar atrapados en el laberinto.

–Esta vez lo haremos con cabeza –declaró Pablo–, fijándonos en pequeños detalles. Además, iré dibujando un croquis en el cuaderno según vayamos andando.

Sin embargo, enseguida pudieron constatar que esas paredes invisibles que les habían impedido avanzar a la ida habían desaparecido. Ahora podían caminar libremente.

Al darse cuenta de ello, tuvieron la tentación de echar a correr, pero Pablo los frenó.

–¡Eh, con calma, que no sabemos lo que puede pasar!

De vez en cuando gritaban el nombre de Javier, pero sus voces se las tragaba un espeso silencio.

—¡Eh, mirad! —exclamó Natalia—. Ahí se ven los campos. ¡Es la salida!

Todos sintieron un repentino alivio, como si hubieran conseguido escapar de una prisión inexpugnable.

Pero fue un alivio momentáneo, porque la preocupación por la ausencia de Javier era una losa muy pesada.

Por mucho que un pequeño hueso pudiera soportar hasta trece mil kilos de peso, ellos tenían en ese momento la impresión de poseer un cuerpo demasiado frágil para llevar semejante carga.

Después de volver a gritar inútilmente el nombre de Javi en distintas direcciones, se hizo un silencio tan grande como la vastedad de los campos que se perdían en el horizonte.

Lo rompió Verónica.

—¿Qué hacemos: se lo decimos a mi madre?

—La vamos a preocupar un montón —reflexionó Natalia.

—Sí —asintió Pablo—. Y... ¿cómo le vamos a explicar todas las experiencias que hemos vivido? Tampoco ella va a saber qué hacer...

—¿Y si traemos a Jazz? —sugirió Diego—. Le damos a oler una camiseta de Javi para que lo busque.

Todos aplaudieron su idea y corrieron hacia la casa para buscar al perro.

Tener un objetivo a la vista había aligerado algo la carga que pesaba sobre ellos.

—¡Qué rápido habéis vuelto! —se sorprendió Julia, levantando la vista del ordenador—. ¿Habéis encontrado algún indicio?

«¿Rápido?», pensó Verónica. Entonces consultó el móvil y vio que habían estado fuera una media hora.

Se quedó perpleja. El tiempo en el que ellos habían vivido no se correspondía para nada con el que marcaba el reloj. ¡Parecía como si hubieran estado allí varias horas!

¿Sería esa la relatividad de la que hablaba Einstein?

–No, no hemos encontrado nada –respondió–. Pero vamos a volver. Y nos llevamos a Jazz.

Esta vez, Julia se quedó tranquila al ver que no les había sucedido nada que pudiera preocuparla. Estaba tan embebida en su trabajo que ni siquiera se dio cuenta de que faltaba Javier.

Jazz salió disparado de la casa, feliz de poder ir con los niños, y galopó hasta la verja a tal velocidad que daba la impresión de que le hubieran planchado las orejas.

Pero, al entrar en el agroglifo, Verónica lo cogió en brazos y le colocó una correa para poder controlar sus movimientos. En el campo jamás la llevaba, pero tenía miedo de que se les perdiera husmeando aquí y allá.

–Venga, Jazz, bonito, a ver si nos ayudas a encontrar a Javi –le dijo Verónica acariciándolo detrás de las orejas. Luego le acercó al hocico la camiseta que habían cogido para que pudiera identificar el olor.

Jazz la olfateó, miró a Verónica, ladró dos veces y empezó a tirar de su correa. Parecía deseoso de ponerse en marcha.

Los cuatro primos y Jazz empezaron a caminar dentro del agroglifo, muy atentos a cualquier señal que los llevara hasta Javier.

¿Dónde se habría metido?

¿Estaría en peligro?

Javi tenía la mala costumbre de desaparecer y darles sustos, pero a esas alturas, ninguno pensaba que pudiera tratarse de una broma.

De pronto, Jazz se puso a olisquear una zona del suelo, a dar saltos y a ladrar.

—¿Qué le pasa? —dijo Natalia.

—¡Ha debido de oler a Javi! —exclamó Diego.

—Quién sabe —repuso Pablo, un poco escéptico—. Con la cantidad de veces que hemos ido y venido por los diferentes senderos, todos debemos de haber dejado nuestro rastro. Es difícil que él logre distinguirlo...

Aun así, Jazz tironeaba de la correa, nervioso.

—¡Estoy segura de que tiene algo que enseñarnos! —dijo Verónica, y empezó a seguirle.

El resto de los primos fueron detrás.

Al poco tiempo se dieron cuenta de que Jazz los había llevado justo hasta el epicentro del agroglifo.

—¡Chico listo! —susurró Verónica en la oreja del perro.

Entonces le soltó la correa.

Nada más verse libre, el perro se puso a escarbar como loco.

Y ante los asombrados ojos de los niños empezaron a aparecer huesos y más huesos... y más huesos...

—¿Qué es esto? ¿Un cementerio de animales? —preguntó Pablo, mosqueado.

Verónica sintió como si una mano le estuviera estrangulando el estómago.

—Diego, ¿tú estás seguro de que son de animales?

Pero cuando emergió el primer cráneo, la pregunta de Verónica quedó respondida.

Efectivamente, parecía el de un perro.

—¡Jazz, deja de escarbar! Tienes que buscar a Javi —le ordenó Diego, volviendo a darle a oler su camiseta.

Sin embargo, Jazz continuó su tarea enloquecido, mientras surgían huesos y cráneos por doquier.

—¿Estará ahí Javi? —masculló Natalia, asustadísima.

—Deberíamos dar parte a la policía —sugirió Verónica.

De súbito, Jazz cesó en su frenética excavación, se dio media vuelta y desapareció entre las mieses.

—¡Jazz! ¡Jazz! —gritó Verónica, desesperada y enfadada por el inexplicable comportamiento del perro.

¿Habría enloquecido dentro del agroglifo?

Los niños deambularon aquí y allá, intentando averiguar adónde habría ido.

Hasta que Verónica descubrió una pista.

¿Has descubierto tú también la pista
que ha visto Verónica?

La cueva · 45

Los niños llegaron al final del agroglifo sin aliento. Sudorosos. Cubiertos de polvo.

Tenían las zapatillas llenas de arena. Y espigas clavadas en la ropa.

Mientras estaban dentro habían perdido totalmente el sentido de la orientación, así que se quedaron desconcertados al ver que, en lugar de salir a la carretera de tierra, habían ido a parar cerca de las naves de Rufi.

Lo habían hecho siguiendo las huellas de pelo que había dejado Jazz entre las espigas.

Pero ¿dónde diablos se había metido?

¿Habría ido a ladrarles a los perros de su amigo?

Entonces lo vieron venir a lo lejos, a galope tendido, como una pequeña bola de pelo rebotando en la carretera, y detrás...

... Una figura difuminada por la lejanía que... ¡¡¡era Javier!!!

Los cuatro corrieron a su encuentro, emocionados y tremendamente aliviados.

El perro, que le sacaba una buena ventaja, llegó el primero hasta los niños y soltó unos cuantos ladridos, satisfecho de haber cumplido con su cometido. Parecía decir: «¡Soy un hacha! ¡Lo he encontrado!».

—¡Muy bien, Jazz! —le reconoció Verónica su mérito.

Pero, en cuanto obtuvo su debido reconocimiento, los dejó atrás y voló hacia el primo perdido y hallado para asegurarse de que llegaba sano y salvo.

Cuando se encontraron, Javier los abrazó igual que si no los hubiese visto en años.

Verónica se dio cuenta de que estaba demudado, como si hubiese sufrido un *shock*. No parecía el Javier desenfadado y bromista de siempre.

—Javi, ¿qué te ha pasado? —le preguntó.

—No lo sé. Ha sido... escalofriante. Estaba... estaba en... la selva, creo. Una selva tropical. Hacía mucho calor... Un calor muy húmedo. Me costaba andar. Y llegué a una cueva formada por piedras inmensas... Decidí meterme para refugiarme del calor... La entrada era ancha, pero el techo muy bajo... Había que ir en cuclillas. Entonces... vi grabado en una de las paredes al extraterrestre.

—¿Qué extraterrestre? —preguntó Pablo.

—El que descubrimos en la cueva donde encontramos a Kevin... Era el mismo. Idéntico. Tenía una cabeza enorme, el cuerpo muy flaco, unos ojos muy grandes en forma de almendra y... tres dedos.

—Estuviste en la cueva de Veracruz, en México —musitó Diego.

Pero él prosiguió su relato como si no hubiese escuchado la información de su primo. Parecía en trance.

—Al principio, no me atreví a tocarlo, pero sentí como si me llamara... Y de repente me acordé de la pesadilla en la que él me llevaba a una nave mientras me decía: «Despídete de este mundo».

Javi abrió los ojos como platos, como si estuviera reviviendo todo aquello.

—¿Te atacó? —preguntó Natalia.

—No, no... Fue una sensación muy extraña. Sentí que me tocaba con uno de sus dedos y...

Su respiración se aceleró y las pupilas se le dilataron.

Verónica lo abrazó y le susurró:

—Tranquilo, Javi, no tienes que contárnoslo si lo pasas mal al recordarlo.

Sin embargo, él pareció no escucharla y siguió hablando:

—Sentí como si me envasaran al vacío y... entrara en otra dimensión... Estaba en una ciudad transparente... con edificios de cristal... y... la gente me sonreía. Caminábamos por un sendero dorado que emanaba destellos de luz. Era precioso. Pero yo tenía miedo de no poder regresar nunca más aquí...

Natalia le cogió una mano.

—Ya estás a salvo, con nosotros.

Él parecía continuar en el lugar del que hablaba.

—Y de pronto... no sé cómo... estaba otra vez a la entrada de la cueva, pero era de noche y había unos platillos volantes hechos de luces azuladas que rotaban en el cielo y se movían en diagonal. Cuando desaparecieron, iba a echar a andar y vi que el suelo estaba cubierto de partículas doradas que brillaban como el oro. Era un espectáculo. Me agaché a cogerlas y se deshicieron en un polvillo refulgente, igual que el de la cueva de los templarios. Entonces, no sé de qué manera, aparecí junto a la cueva de Kevin.

—¿Se ha vuelto a abrir el hueco de entrada? —quiso saber Diego.

Javier denegó con la cabeza, como si se hubiera vaciado por dentro y ya no le quedaran palabras.

—¿Te fijaste en si la marca de la lágrima aparecía por algún lado? —le preguntó Verónica.

Pero su pregunta quedó interrumpida por el potente rugido de una moto que se acercaba.

A Verónica le dio un vuelco el corazón. Siempre que escuchaba el motor de alguna, se acordaba de Marcos.

¿Habría venido sin decírselo para darle una sorpresa?

¿Tú qué crees?

¿Cuáles de estos supuestos imaginas que van a ocurrir?

a) Verónica descubre que Javier tiene la marca de la lágrima.

b) Aparece Marcos a darle una sorpresa a Verónica.

c) Es la moto de Miguel, que viene a verter acusaciones sobre ellos.

d) Son los gemelos, que vienen a advertirles de que los agricultores están de camino para acusarlos de ser los autores de los agroglifos.

e) Es el ruido de una moto fantasma.

f) Javier sufre un desmayo.

¡Demasiados conocimientos! ·46

El ruido de la moto, junto con la gran polvareda que levantaba a su paso, concentró las miradas de los cinco primos e hizo que se echaran hacia la cuneta.

Jazz se puso a ladrar como siempre que advertía algún vehículo.

A la velocidad a la que venía, no tardaron en identificar a los motoristas: eran los gemelos.

La moto se detuvo y Jonás, que venía de paquete, fue el primero en bajarse.

Verónica sintió un movimiento ascensor en el estómago al notar su presencia, tan cercana que casi se rozaban. Y se volvió a acordar de la mirada que se habían cruzado la víspera.

Una mirada que la había descolocado.

Una mirada perturbadora.

Una mirada que la había preocupado.

—¡Un montón de agricultores vienen hacia aquí! ¡Están muy enfadados! —les advirtió—. Se ha corrido el rumor por el pueblo de que ha aparecido un nuevo agroglifo y vosotros tenéis la culpa. Hemos venido para avisaros.

—¿Calixto nos ha acusado? —se extrañó Diego.

—No, él os ha defendido y les ha tratado de convencer de que unos niños nunca podrían hacer eso. Incluso se ha reído de su acusación. Pero ellos están empeñados. Dicen que pertenecéis a algún grupo poderoso, que tenéis demasiados conocimientos.

—¡Demasiados conocimientos! —se escandalizó Pablo—. Ahora va a resultar que el conocimiento es algo malo. A ver si nos van a querer quemar en la hoguera como querían hacer con Galileo.

Pero el inconfundible ruido del motor de varios tractores los puso en guardia.

Eran tres y venían a bastante velocidad, teniendo en cuenta el ritmo renqueante al que solían avanzar normalmente. En el campo nadie tenía prisa.

Verónica puso cara de susto.

Jonás se percató de ello.

–Tranquila, no os van a hacer nada –le aseguró.

Su voz grave reverberó en su nuca como una suave caricia y sintió un agradable escalofrío.

—¿Nos habrán denunciado? —inquirió Diego.

—¡Qué va! Si no tienen pruebas —respondió José—. Esto es cosa de Venancio, que es más bruto que un arado; le dan arrebatos y tiene muy mal carácter. Le llaman *el Venado*.

Según se acercaban, los tractores parecían más amenazantes, con sus enormes ruedas, las cabinas temblequeantes y la cara de pocos amigos de los conductores.

Al ver a los niños, se detuvieron junto a ellos, pero no apagaron el motor de aquellas potentes máquinas, seguramente para impresionarlos más.

Un rostro colorado y mal encarado asomó por la ventanilla abierta del primer tractor.

Verónica pensó que su foto podría estar colgada en cualquier comisaría con el letrero de «Se busca».

Tenía una frente que parecía una pista de aterrizaje, los ojos hundidos en unos mofletes carnosos, la nariz aplastada de cualquier manera, como si hubiera sido boxeador de joven, y el mentón cuadrado. Parecía del Paleolítico.

—¡Eh, venimos a advertiros que aquí a los graciosos los echamos a los perros! Se os acabó la diversión. Os vamos a estar vigilando muy de cerca... —dijo, bajándose del tractor con actitud intimidatoria.

Verónica se fijó en un detalle que le hizo ponerse en guardia: las alpargatas que llevaba eran idénticas a la que habían encontrado en el agroglifo más tiesa que la mojama.

Diego, con una gran sangre fría, le preguntó:

—Perdone, ¿con quién tengo el gusto de hablar?

—Él es Venancio —le aclaró Jonás.

—¡Ah, Venancio! Yo soy Diego. Ella es mi hermana, y ellos, mis primos —los señaló—. Y no tenemos ni idea de a qué diversión se refiere.

—¿Me estás vacilando, chaval? Porque para eso tienes que volver a nacer. ¡Claro que sabes muy bien a lo que me refiero! Estáis destrozando los sembrados con esa bromita de los agro... no sé cuántos. Eso está bien para el que se lo trague, pero yo no soy tonto.

Para entonces, los otros dos agricultores se habían bajado ya de sus tractores y se habían unido al grupo.

—Nos honra que nos considere tan inteligentes y con superpoderes como para haber hecho eso nosotros, pero, si ve las fotos, se dará cuenta de que es totalmente imposible —prosiguió—. Si quiere, se las enseñamos. O si lo prefiere, Venancio, nos acompaña a mostrárselas a la Guardia Civil.

—Sí, precisamente ahora íbamos pedirle a mi tía que nos acompañara al cuartelillo para dar parte de la cantidad de cadáveres de perros que hemos encontrado en el agroglifo de Rufi —le informó Pablo.

Al hombre le cambió la cara.

Por su gesto, Verónica enseguida se dio cuenta de que la noticia no le había resultado indiferente.

La cacería · 47

¿Cuál de estas emociones te parece que refleja el rostro del Venado: desconcierto, miedo, enfado, rabia, sufrimiento?

—¡Los lobos...! —dijo el Venado entre dientes.

Un sonido de cencerros distrajo a los muchachos, que volvieron la cabeza a su izquierda, hacia el lado opuesto al que ocupaban los tractores.

¡Qué alegría les dio ver a Zoilo! Con él se sentían a salvo.

Este, al reconocer el tractor del Venado, se imaginó lo que podría estar pasando y se acercó a pasos agigantados por si los niños necesitaban su ayuda.

—¿Cómo sabes que son lobos? —se envalentonó Verónica al detectar miedo en los ojos del Venado.

—Bueno... ejem... Hace tiempo, cuando yo apenas era un zagal —carraspeó unas cuantas veces—, se habló de... de una cacería de lobos que... ejem... atacaban al ganado.

—¿Cómo que se habló? —bramó la voz de Zoilo, que había llegado justo a tiempo de escuchar la última frase—. ¡Pero si fue una cacería en la que tú mismo participaste! Y según tengo entendido, más que cacería fue una auténtica carnicería, con ensañamiento.

Un nuevo sonido de cencerros, esta vez por detrás de los tractores, desvió la atención de los niños, que enseguida reconocieron a Rufi al frente del rebaño recién llegado.

Resultaba una escena curiosa: los tres tractores que habían venido a amenazar a los primos, sitiados por dos rebaños cuyos pastores eran amigos suyos.

Rufi se acercó a enterarse de lo que estaba sucediendo. Desde lo alto de la cuesta había notado algo raro en su campo, y barruntaba que aquel revuelo tendría que ver con él.

—¿Qué pasa? —preguntó.

—Ha aparecido un nuevo agroglifo en tu sembrado y, justo en el centro, hemos descubierto un montón de cadáveres de lobos —le informó Diego.

—¡Arrea! —exclamó Rufi—. Así que era verdad la razón por la que tu tío me vendió el campo tan barato, Venancio... Siempre he creído que era un cuento.

Decían que tu familia había participado en una matanza de lobos, que habían enterrado aquí. Y que, desde entonces, a tu tío se le aparecían sus ojos amarillos de noche y escuchaba sus aullidos. Por eso vendió sus tierras y se acabó marchando del pueblo... La propia tierra lo ha sacado todo a la luz.

—Seguro que por eso se formó el agroglifo. La naturaleza es muy sabia —sentenció Natalia.

Venancio, con toda su pinta de matón, parecía amedrentado, encogido.

Otro de los agricultores mascullló, como si estuviera comiendo una patata caliente:

—Pues va a tener razón la mujer de Calixto cuando dice que es cosa de duendes. Nos reíamos de ella, pero mira tú por dónde... Perdonad, chavales, por haber pensado que era cosa vuestra... Ya está todo aclarado.

—Y el parte que ibais a dar a la Guardia Civil... —musitó el Venado.

—Te llevas los cadáveres de los lobos a tu campo, y nos olvidamos de partes —zanjó Rufi la cuestión.

Venancio asintió sumiso y se subió al tractor sin decir ni una palabra.

—¡Lo mansito que se ha quedado! —constató Rufi y, volviendo la vista al agroglifo, añadió rascándose la cabeza—: Mira que aquí se han visto cosas, pero nunca pensé que la propia naturaleza pudiera delatar un hecho de una manera tan original. Si no lo veo, no lo creo.

Después, los pastores se despidieron de los niños y, con sendos silbidos, despejaron el camino de ovejas para que los tractores pudieran volverse por donde habían venido.

Internamente, los primos se alegraron de que todos pensaran que este agroglifo era una protesta de la propia naturaleza.

—¡Ostras, vaya historia! —exclamó Javier.

—Cuando éramos pequeños, algunos contaban que unos lobos que estaban enterrados cerca del pueblo revivían por las noches para matar a un niño, en venganza por la matanza de su manada —les contó José.

—Pero nosotros nunca nos lo creímos —añadió Jonás—. Sin embargo, parece que el tío del Venado tuvo su particular castigo. Esperemos que, después de esto, a él se le hayan bajado los humos. Es un fanfarrón y un amargado. Esto de los agroglifos es muy raro...

—¡Y tanto! —respondió Javier, que todavía no se había repuesto de la impactante experiencia que acababa de vivir en el epicentro.

Cuando se despidieron de los gemelos, a Verónica le volvió la preocupación.

¿Qué extraño y nuevo sentimiento la asaltaba cada vez que estaba con Jonás?

¿Le estaría empezando a gustar?

¿Debería volver a plantearse cortar con Marcos antes de que esta inquietante sensación fuera a más?

Era como si una molesta ranita hubiera tomado su cabeza y no parara de croar dentro de ella.

No hemos avanzado nada • 48

En cuanto desaparecieron los gemelos, Verónica trató de echar esa molesta ranita en una imaginaria charca para volver a centrarse en la investigación.

–¿Os habéis fijado en que las alpargatas que llevaba Venancio eran idénticas a la que encontramos? –les hizo notar a los otros.

Los demás negaron con la cabeza, asombrados. Aunque conocían sus dotes de observación, siempre lograba sorprenderlos.

–Bueno, es una alpargata muy corriente –apuntó Javier.

–Ese color marrón no es tan corriente –replicó ella–. Además, ninguno de los otros llevaba alpargatas, ni los pastores. No he visto a nadie en el pueblo que las lleve.

–Hazle caso a mi hermana, Javi, que en lo primero que se fija es en los zapatos de la gente.

–¿En serio? –se rio Pablo–. Y luego decís que yo soy friki.

–Los zapatos dicen mucho de las personas –trató de justificarse ella–. Pero, volviendo al caso... Después de oír esa historia de los lobos, estoy casi segura de que esa alpargata, tan vieja y tan tiesa, pudo haberla perdido en aquella cacería.

—¡Tienes razón, Vero! —exclamó Natalia.

—Aunque eso ya nos da igual: no necesitamos esa prueba —declaró Pablo—. Después de lo que hemos vivido, tenemos claro que la aparición de los agroglifos no se debe a la acción del hombre, sino a la combinación de algún tipo de energía con las líneas Hartmann...

—Y esa energía tiene que ver con extraterrestres y civilizaciones antiguas —remató Diego.

—Pues estamos donde estábamos. No hemos avanzado nada —sentenció Javier.

—Yo creo que sí hemos avanzado —replicó Diego—. Todas esas civilizaciones tienen que ver con monumentos megalíticos de piedra y, por lo que hemos descubierto, también con extraterrestres. ¿Qué buscaban estos en la Tierra? ¿Por qué vinieron?

—Sí, vivimos en un mundo con más dimensiones de las que somos capaces de percibir —reflexionó Pablo.

—¿Y si hubiera por aquí restos de monumentos megalíticos? —prosiguió Diego.

—¿Crees que los extraterrestres continúan buscando algo que necesitan? —preguntó Verónica.

—Pues igual Diego no va desencaminado —lo apoyó Pablo—. Esas grandes construcciones, como Stonehenge, o los moáis de la isla de Pascua, o las pirámides, tienen que ver con la influencia del sonido sobre la fuerza de la gravedad. Gracias a la mecánica cuántica, sabemos que la materia puede interferir en las ondas.

—No me estoy enterando de nada, Pablo —protestó Natalia.

—Pero, Natalia, si está todo clarísimo. ¡Meridiano! —se pitorreó Javier.

—Lo que quiere decir Pablo de manera científica es que esas civilizaciones, de algún modo, pudieron estar en contacto con extraterrestres, que es algo posible —resumió Diego.

—Lo mismo que nosotros hemos podido hacer esos viajes astrales —confirmó Pablo—. ¿Sabéis que el observador afecta al sistema observado?

—¿Quééé? – preguntó Verónica con cara de extrañeza.

—Hay un experimento en el que se ve que, cuando los quarks están siendo observados, las partículas actúan diferente a cuando nadie las mira. Es chulísimo, os lo enseñaré en internet. Eso quiere decir que hay cierto grado de subjetividad en la realidad, porque la persona que la observa crea una parte de la misma.

—¿Y la marca de la lágrima? ¿Por qué estaba en Nazca y en Paracas y también aquí? ¿Podría ser la marca del planeta extraterrestre donde estuvo Javi? —lanzó Verónica una nueva incógnita.

—Podría ser —conjeturó Diego.

Javier sintió que la sangre se le coagulaba y dejaba de correr por sus venas.

—Entonces, igual la tengo yo también —musitó con voz temblorosa.

—¿Dónde te tocó con su dedo el extraterrestre? —le preguntó Verónica.

—No lo sé... Estaba paralizado por el miedo...

Javi se quitó la camiseta y Verónica lo revisó de arriba abajo. Incluso le fue abriendo cuidadosamente rayas en el pelo, como si le buscara piojos.

Y justo ahí descubrió la temida marca, en la zona más alta del cogote.

Se quedó helada.

Por suerte, la propia cabeza de Javi ocultaba su rostro y ninguno pudo ver sus ojos de pavor.

Instintivamente y sobre la marcha, Verónica se fue haciendo unas rápidas reflexiones.

Si le decía que tenía la marca, su primo viviría permanentemente angustiado, pensando que los extraterrestres iban a por él, o que lo habían marcado para que llevara a cabo algún tipo de misión para ellos.

Desde luego, no le iba a beneficiar en nada saberlo...

Y después de todo, nadie se la descubriría en ese lugar oculto por una abundante mata de pelo...

Tampoco él mismo...

Así que Verónica tomó una pronta decisión: callar y guardar ese pesado secreto para sí.

—No tienes nada, Javi. Puedes estar tranquilo —le aseguró, y a continuación les propuso para disimular su angustia—: Vamos a anotar en el cuaderno los últimos avances.

Cuaderno de investigación

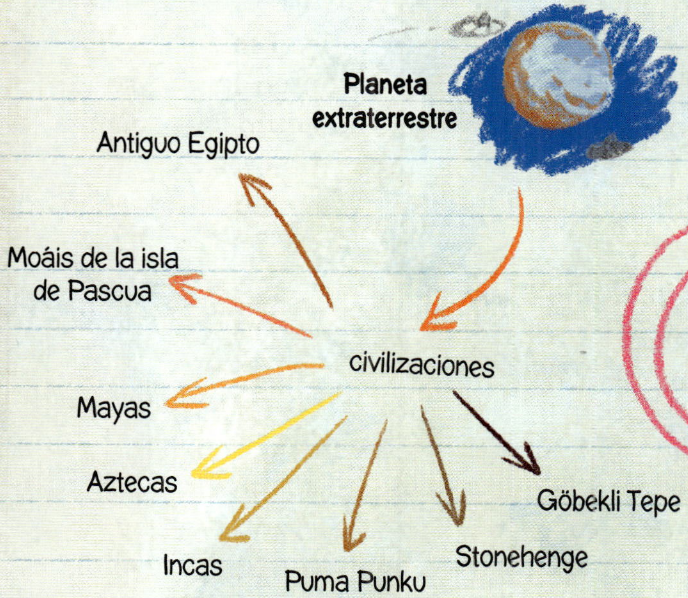

¿Qué ~~sabemos~~ pensamos de los extraterrestres?

① Su enseña: la marca de la lágrima.

② Poseen una energía que hace posible la formación de agroglifos.

③ Ellos clonaron el rebaño fantasma, cuyos ojos irradiaban ese mismo tipo de energía.

④ Su objetivo: están buscando en la Tierra algo que necesitan, o algo los atrae hacia ahí.

La pesadilla •49

Esa noche, Verónica no pegó ojo, pensando si habría tomado o no la decisión correcta y preocupada por las consecuencias de la dichosa marca.

El dilema se bamboleaba dentro de su cabeza como un pesado badajo de campana.

Durante ese insoportable insomnio, oyó a Javier hablar en sueños.

Se levantó y fue descalza hasta la puerta del cuarto de los chicos.

Allí escuchó a su primo, aterrada.

Javi no soñaba en su idioma, lo hacía en una lengua extraña.

Hablaba muy rápido, como si la dominara.

Y parecía muy agitado, como si estuviera teniendo una pesadilla.

Verónica entró en el cuarto.

Una luz blanquecina bañaba las camas.

Comprobó entonces que habían olvidado cerrar las contras, y la luna llena entraba a raudales por la ventana.

Luego contempló atónita el rostro contraído de Javier, que estaba boca arriba, hablando de corrido en esa extraña lengua.

De pronto, se calmó y apareció una plácida sonrisa en su rostro.

Justo entonces comenzó a hablar normal, como siempre.

—Voy volando por un camino de oro... Es una ciudad transparente... Hay cortinas de agua... La gente me saluda... Están contentos... Es un lugar muy hermoso... Irenko dice que no sabemos cuidar la Tierra, que no nos preocupamos de lo esencial...

Verónica se dio cuenta de que estaba soñando con aquello que había visto en el planeta que les había descrito y, sin saber por qué, tuvo una corazonada.

Pero, para llevar a cabo la acción que pretendía, necesitaba que Javier se pusiera de lado.

¿Se despertaría su primo si lo movía?

Los tres estaban profundamente dormidos.

Verónica se arrodilló junto a la cama de Javier, que estaba en la litera debajo de Pablo, con la intención de empujarlo suavemente.

Si se despertaba alguno y la pescaban allí, les diría que Javier estaba teniendo una pesadilla y ella había acudido a tranquilizarlo.

Pero, justo en el instante mismo en que iba a posar su mano en el brazo izquierdo de su primo, este se dio media vuelta.

En ese momento, a Verónica se le vino a la cabeza lo que les había explicado Pablo sobre la mecánica cuántica: que el observador afecta al sistema observado.

¿Sería su propio deseo el que había hecho que Javi se diera la vuelta?

¿No consistía en eso la telepatía?

Alguna vez ella había tenido sueños donde ocurrían situaciones que luego le habían sucedido...

Sin darle más vueltas al tema, Verónica deslizó cuidadosamente el dedo índice de su mano derecha por la abundante cabellera de su primo y abrió el pelo por la zona donde había visto la marca de la lágrima.

Pero tal y como pensaba...

¡La marca había desaparecido!

Lo comprobó varias veces, le separó el pelo de forma repetida, para asegurarse.

Había sucedido lo mismo que en las distintas ocasiones en que la había fotografiado y había desaparecido de las fotografías.

Sintió alivio a la vez que un miedo paralizante.

¿Habría afectado ella de algún modo a la desaparición de la marca?

¿Quiénes eran esos seres y qué querían?

¿Cómo podían haberse teletransportado ellos a otras civilizaciones?

Según las explicaciones de Pablo, gracias a la mecánica cuántica, sabemos que un objeto puede estar en varios sitios a la vez, o que puede ser y no ser al mismo tiempo... Así que, con la energía adecuada, sería posible la teletransportación.

Pero aquello era desconcertante. Sobre todo para ella, que necesitaba certezas.

Y ahora resultaba que incluso la realidad que percibían a través de los sentidos no era como estos nos la presentaban.

Pablo les había explicado muy detalladamente que el mundo que ellos veían estaba formado por cuerpos sólidos. Cuerpos que podían tocar, hechos de materia compacta. Sin embargo, según la mecánica cuántica, el 99,999 por ciento de un átomo está vacío. Así que vivimos engañados por los sentidos.

Verónica visualizó los ejemplos que había dibujado su primo en el cuaderno de investigación para que se hicieran una idea de las proporciones de dicho vacío.

En el primero, Pablo había comparado un átomo con un estadio de fútbol, de modo que su núcleo quedaba en el centro del campo y los electrones en las últimas gradas: todo lo demás era espacio vacío.

Luego, en un segundo ejemplo, les había dicho que, si juntaran todas las partículas de todas las personas de la Tierra sin los espacios vacíos que había entre ellas, el volumen que ocuparían sería tan solo ¡el de un azucarillo!

Cuaderno de investigación

1 ÁTOMO

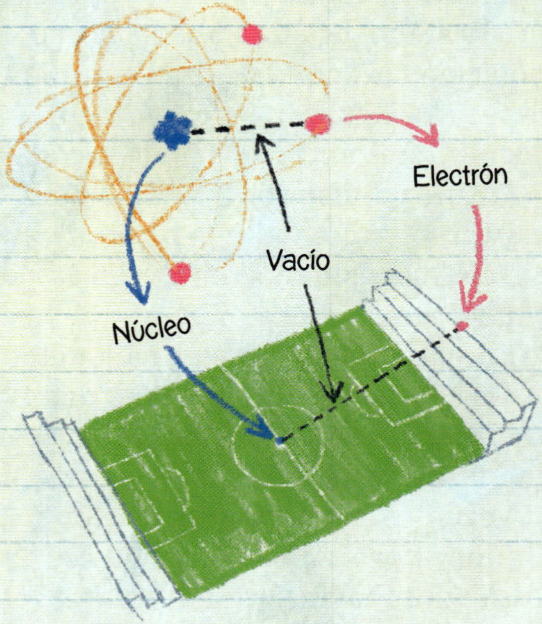

2

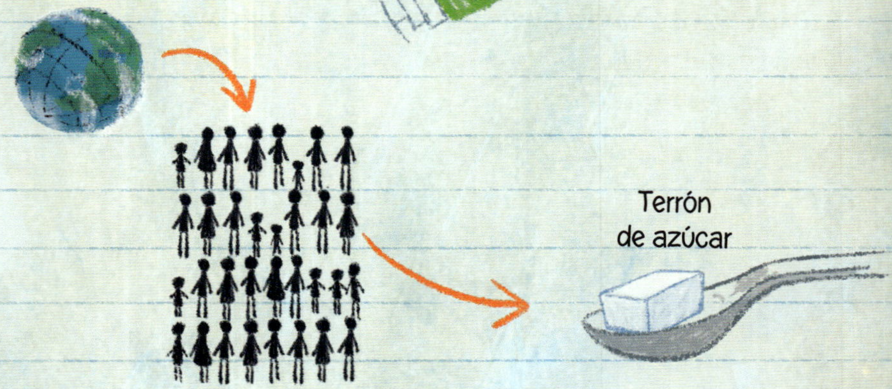

Todo aquello la había sumido en el más absoluto desconcierto, como si su mundo se hubiera convertido de pronto en un caos.

O como si hubiese pasado a formar parte de una realidad virtual.

Sin embargo, tanto esta sorprendente información como la inaudita desaparición de la marca en la cabeza de Javier y la increíble experiencia que ella misma había vivido en los desiertos peruanos, en lugar de atenazarla, le habían dado alas para querer seguir volando.

Tenía unas ganas enormes de continuar investigando aquellos misterios.

En cuanto llegara el nuevo día, les contaría a los otros lo que había escuchado decir a Javi en sueños, si bien se guardaría para ella lo de la marca. Mejor que ninguno lo supiera.

Verónica regresó a su cuarto con todas estas reflexiones orbitando dentro de su cabeza, pero, casi al instante mismo de meterse en la cama, se quedó profundamente dormida.